纸鸽子

莫非

儿子吴所谓是何明儿一个难醒的梦。这个梦真要有一天醒来，何明儿会觉得这是上苍给她今世开下的一个天大的玩笑。

这是青田小区旁的一座茶楼，茶楼叫"一品清"，门口没有女生，两个戴宋朝官帽的男侍在引客。何明儿和儿子吴所谓一前一后走着，走得有些闷。身后的何明儿看到儿子两手插在裤口袋里，两肩耸着，手掌向大腿两边撑开去，那个样子，如纸叠起来的一个人模子，纸人模样。如果前面不是自己的儿子呢，何明儿会觉得这个孩子可爱。前面是自己的儿子，平常的行为局限了何明儿对儿子所作所为的认识，这样，看他那漫无目的涣散无力的样子，只觉得背后凉凉的。只有何明儿知道，这是一个极其抗拒一切的动作。

走进装潢得仿古典的茶楼，坐下来，看到男

纸鸽子

葛水平 著

河北出版传媒集团
河北教育出版社

年轮典存丛书

编者荐言

中国当代文学已走过七十多年，每一次文学浪潮的奔腾翻涌，都有彪炳文学史的作家留下优秀作品。

回首20世纪七八十年代，改革开放开启了中国当代文学持续至今的繁盛，由于几百家文学刊物的存在，中短篇小说曾是浩荡文学洪流中的浪尖。然而，以1993年“陕军东征”为分水岭，长篇小说创作成为中国文坛中独立潮头的存在，衡量一个作家的创作成就及一个时期的文学成果，往往要看长篇小说的收获。中短篇小说的创作和读者关注度减弱，似乎文学作品非鸿篇巨制不足以铭记大时代车轮驶过的隆隆巨响。

进入21世纪，特别是党的十八大以来的新时代，我们乘着光纤体验世界的光速变迁，网络文学全面崛起，读图时代、视频时代甚至元宇宙时代的更迭，令人应接不暇，文学创作无论是体裁还是题材都呈现出一种扇面散播效应，中短篇小说创作也再度呈扇面式生长，精彩纷呈。

为此，我们特编辑了这套“年轮典存丛书”，以点带面地梳理生于不同年代的当代优秀作家的中短篇小说精品，呈现不同代际作家年轮般的生长样态。

我们不无感佩地看到，生于1940年前后的文学前辈，青年时已是文坛旗手，在当下依然保持着丰沛的创作力，他们笔耕不辍，使当代文学大树的根扎得更深。

“50后”一代作家已走过一个甲子，笔力越发苍劲。他们不断返回一代人的成长现场，返回村镇故乡、市井街巷；上承“40后”的宏大命运主题，下接烟火漫卷的无边地气；既广受外国文学的影响，又保有中国古典文学的高蹈气质。

在“60后”这一中坚力量的年轮线上，我们能看到在城乡裂变、传统向现代过渡的进程中，一代人的身份确认、自我实现，以及精神成长的喜悦和焦虑。

“70后”作家因人生经验与改革开放四十年紧密相连而被称为“幸运的一代”和“夹缝中壮大的一代”，也是倍受前辈作家的成就影响而焦虑的一代。如今已与前辈并立潮头，表现不俗。

而作为“网生一代”的“80后”和“90后”，他们的写作得到更多赞誉的同时，也承受了更多挑剔和质疑。但经过岁月淘洗，我们欣喜地看到，曾经的文学小将已在文坛扎扎实实立稳脚跟，相继以立身之作进入而立和不惑之年。

六代作家七十年，接力写下人世间。宏阔进程中的21世纪中国当代文学，正在形成新的文学山峰的山脊线。短经典历久弥新，存文脉山高水长。

目　录

CONTENTS

夭殇

一

清光绪二十六年六月初六，沁河西岸豆庄，上官家的小女儿上官芳和东岸下里村王书田家的独生儿子王安绪订婚。媒人送过上官芳的生辰八字，四十岁的王书田从中堂上的香炉下，取过来一张红纸，很慎重地包好。到上屋和七十岁的母亲请了安，要了自己儿子的生辰八字过来，也用红纸包好放在两只青花瓷碗中。两只青花瓷碗被放进了柴房的水缸里。这一切，让王安绪大伯家的女儿春香看在了眼里。

夜里，两只碗有轻微的碰撞声传出来，春香瞪着一双惊惧的眼睛看着，瞅四下里无人，掀开缸盖，她看到两只青花瓷碗不即不离地随着水纹儿游荡，春香的心一下子被什么揪了起来。春香不希望两只碗儿靠得太近，靠得太近就有点儿变化人的性情，春香不怎么高兴。一个从小和王安绪结伴长大的人，知道对方要和另一个与自己一样的人在一起了，给谁谁会高兴！春香用勺子磕了一下其中的一只碗，这只碗就打着旋儿沉了底。春香吓了一跳，没想到它这么不经磕，心慌地取了凳子踩了扑进缸里去捞。缸是八斗缸，和春香的个儿一样高。双手划动，把水中另一只碗搅拌得在缸沿上叮当作响，缸里不断有水溢出来，脱落的碗里漂起来的红纸悠悠地紧贴了另一只碗的碗沿。她把红纸捞出来放进水面上的碗中，碗中就洇了红红的一汪水，春香看到那水不是水，是血，油灯下泛着血光。真的是害怕了，那怕不是一般的怕。既然捞不起那只碗，干脆就不捞了，一屁股坐到地上，有一股寒凉上涌，人也就抖了起来，渐渐地抖出一个字："死！"

当一个人决定要死的时候，一定是遇上了比死更可怕的事。春香就遇着了。按光绪年间民间规矩，男女双方订婚了，男方家里就要取两个人的八字一起放在祖宗牌位下或水缸里。祖宗牌位下要放三天，三天家里不出事情说明合婚，要选日子迎娶。放水缸里的要看两只碗是不是紧挨在一起，在一起，说明合，不在一起，那肯定是不合了。一切由男方家看结果来决定。要说这样大的事情怎么能让黄毛丫头看见，可偏偏就让她看见了。春香平日里一般不到小叔王书田家住，可今儿因为奶奶轮到小叔家了，就跟了过来；又因为哥哥王安绪喜欢吃软糕，她从家里带了些过来给哥哥吃。她和哥哥青梅竹马。她就看到了不该看到的一切。看到了心里不怎么高兴就决定住下来。夜里，偷偷从奶奶的炕上溜出来，想要鼓捣出个事情来。事情不是想鼓捣出个什么样来就能鼓捣出个什么样来，事情一鼓捣就走样了，让一个小女孩儿的心放不下，就想了那个字。那个字想了，还没有想到要去做，等到要做了却又忘了那个字。

既然不能恢复水缸里的原有景貌，那么就赶快溜走。春香溜不走了，迎头遇见了婶娘高秀英。

高秀英说："春儿啊，黑灯瞎火的来柴房做甚？"

春香扭了一下腰想要闪过去，可天上有月亮，月亮下春香的脸儿煞白，被缸里的水打湿了的衣服紧贴在身上，滑溜得让她无法闪过去，重重摔倒了。有些蹊跷，高秀英走进柴房举了灯笼照，不得了，石头地面不吃水，灯影下看水汪汪的能照出人影儿。一只碗放在地上盈盈地映出半碗血光来。她扭头反身出了门，看都不看拖了地上的春香找婆婆去说。说什么呢？说自己独生儿子一辈子的福气就这么被这个丫头冲撞了。春香此时是个木头人，什么也不怕了。

见了婆婆说了柴房的事情，婆婆取了长烟袋抬胳膊就敲，一敲、两敲春香不说话，婆婆说："说话呀，小贱骨头。"春香仍旧不说话。

高秀英发现有什么地方不对劲，是春香不对劲，闪猛了最终没有闪过去，傻了。

二

光绪二十七年九月十六，豆庄上官家的小女儿由十二抬陪嫁和一顶花轿抬着，从沁河西岸上船划向东岸的下里村。上官家的十二抬中有一抬很让沁河两岸的人眼热，这一抬不是别的，是用红布包着的一条毛瑟枪。说明上官家陪嫁小女儿，是陪了看家护院的家伙。上官芳坐在花轿里，外面是一把红花梨木嵌大理石的椅子，即将做丈夫的王安绪十字披红坐在上边，此时，他正不停地打着哈欠，一个接一个，有眼泪往下掉，双手来回揪扯着手皮，手被揪得泛红，秋日的阳光下像两头紫皮大蒜。十八岁的上官芳还不清楚她的丈夫是鸦片烟瘾上来了。从东岸到西岸，沿河村多，两岸看热闹的人也多，十三艘小船绑着红布绾成的花，像一条长龙划到下里村。下里村古渡口上岸处，八音会正闹得欢，新郎下了船，上了马，由八音会的人引着往王家圪洞走。要到青乡里就要先进入王家圪洞。“王家圪洞”是一个统称，也是一条胡同。一进胡同口的三槐里，是王安绪大伯家的院子，也就是春香的家。大伯家大门外的条石小路上用石头垒了半人高的障碍，八音会的人马停了下来开始吹打，一曲罢了又一曲起，不见有人出来搬开路障。

上官芳不清楚遇上了啥事，想撩开盖头看，送客嫂嫂伸进手捏了她的肩膀一下，她停下了手。

八音会里吹唢呐的一位后生有些不耐烦了，抬脚踢了一下石头，三槐里大门呼的一下蹿出了一条狗，只见那狗一口咬住了吹唢呐人的裤管，来回甩了几甩，只听得哧一声半条裤子撕了下来。后生说了声：“我日！”就听得大门里的人说话了:“咋了？日谁了？日子长着呢！黄毛,让狗日的过！”狗叼了半条裤腿扭头钻进三槐里虚掩的大门内。后生叫道：“我的裤——”

闹得欢的八音会的人们像被打了脸，有些麻瑟瑟。吹打乐器因后生的喊叫往下滑。骑在马上的王安绪似有所悟：都是一个祖先，日谁和谁呀！这一句话他说不出来，鸦片烟瘾让他的嘴有点儿哆嗦，也抽得厉害。早有人报了青乡里的王书田，他在大门口张望着，听到了乐器的响儿了就是不见人影。那个急有些上攻，迎面的风吹得他不住地往下咽唾沫，想按住火，那喉咙就干得冒起了烟来，嘴里说着一个字：“靠，靠，靠。”

终于听见了乱糟糟的说话声，王书田狠狠地往地上吐了一口唾沫，扭身回了上屋去招待来宾。

上官芳下了花轿，所有的人都在看，那眼睛却不是盯了她,是她身后的那条毛瑟枪。想见识的人们小心议论着。突然，王安绪一头栽下马来，幸好马旁有人做了垫背。看到儿子两只手抽成了鸡爪，王书田走过去掴了他一个巴掌，叫人架进了书房。也就是一袋烟的工夫吧，王安绪像换了一个人似的，桃花满面走了出来，接下来是婚礼正题。

下里镇是沁河“明代八景”之一的“沁渡秋风”。它沿河修筑，靠山面水，古老的堤坝把下里置于高高的土丘台地之上，山上的村落很自然地以山为屏形成规模，院落和院落呈台阶式上升，随山势挂壁。居高临下背靠白虎“山”，平地青龙面绕喧闹“水”，以景补脉，真个是：秀水青山连天碧，千仞堡垒万般固。从村头古渡上岸处一块金石碑记中可以看到，北宋元丰八年，该镇西有一位武举人叫王向岩，曾官至中尚，他回乡在古渡下里不足十户人的村落建造了一座关帝庙，因关帝庙的建造，后有张姓李姓迁来扩大为镇。王姓家族所住的三槐里和青乡里统称王家圪洞，小街两行是院落门头，为两层四合小院，由王书农的院落拐一个坡是青乡里，要拾阶而上。据说，王家先祖因为犯事，他的后人才返乡落脚。此武举人也可延伸为王姓家族的先祖。王姓家族先后出过几个秀才，始终没有弄武的人再出现。有算命先生说，王姓家族在未来要有一个习武人独霸一方，此人给王姓家族带来的灾难是灭顶的。王书田是在爹临终时听说的，当时有哥哥王书农在，哥儿俩关系还没有弄僵，也没有太在意。就是到现在也还是不在意，不在意的原因是王姓家族延伸到现在，后人有些稀少，能提拿得起来的人不多，大都在吃老本，出租土地。人要是有半点儿活下去的东西垫底，谁想出去闯荡！

上官芳走进青乡里时，她就不再是一个女孩子了，一个不是女孩儿的少妇，往昔已成为幻影。她透过门楣望：一个陌生的世界，一个陌生的男人，某一种开端从此就开始了。上官芳从随身带来的包袱中取出那支枪，枪是当时人们叫的“毛瑟枪”，因为在红布包里裹着，也因为女人家沾不得阳气，上官芳就没有多看。王安绪看到她把它提起来时有些吃力，可还是提起它迈出了门槛，他想上前帮她，她笑了一下躲开了，她要把它亲自交给公公王书田。

上屋，王书田和高秀英坐在中堂前的太师椅上等儿媳前来拜见。

迈动一双小脚颠颠地往前走，头也不敢抬。这是四合院，由外走来，木底鞋踏上上屋的砖地，发出清脆的嘎嘎声。迈出门槛迈进门槛，一些事情来不及考虑双膝就跪在了蒲团上。上官芳放下手中的重物说：“母亲爹爹在上，受儿媳叩头。”

高秀英递下叩头钱说：“来了下里，比不得豆庄，你家是大户，王家也是大户，门当户对，我把你当我的女儿待，安绪有什么不体面的事你要学会担待，他毕竟是你的丈夫，来时想必娘家母亲有过交代了？”

上官芳说：“儿媳清楚。娘家母亲是有过交代，要儿媳学得一个忍字，一要少说话，说就说得体面；二要懂温顺；

三要以婆家的名利为重。娘家爹爹说了要儿媳在处理生活的得体上谨记：良贾深藏若虚。”

王书田望着长身玉立、皮面白净、眼睛细长的上官芳，想：真是一个深沉而不瑟缩、温顺而不失稳重的好媳妇。又看了看自己的儿子，那一副落魄吃打的样子心就哀怨起来，怕好媳妇也要因自己不争气的儿子“性高于天，命薄如纸”了。

上官芳说：“爹爹在上，容儿媳把娘家陪来的东西交给爹爹。来时娘家爹爹说了，现在时局混乱，陪嫁来的也就是图个安稳，家里仗着个家伙，外人也就不敢来欺了。”

上官芳拿起红布包递给公公王书田，王书田弯腰接起，透着窗户射下来的光看着说：“秀才人家哪懂得这个，怕也只是个样样儿，造了个声势。那就收起来啦。你们退下去吧。”

上官芳和王安绪告退出来，就看到自己的丈夫嘴巴扯了很大在打哈欠，上官芳感觉很好玩儿，想想自己以后日日要与这样一个人儿厮守在一起，就免不了有些好奇。回到住屋，王安绪说：“快给我取过烟泡来，我困得厉害。”

上官芳说：“这东西就这样儿解困？”

王安绪抽了几口，静静地闭了一会儿眼睛，睁开的时候脸上就有两朵桃花落下来。

“看到了吗？我脸上写了舒坦了。”王安绪回答。

上官芳望着自己的丈夫想起了从前的日子。她是上官家的小女儿，也是唯一的女儿，掌上明珠。是母亲的胳膊环绕着她长大的，哪有和人这样儿低眉顺眼说过话？现在到了一个从不曾想到的环境，眼前的景，景中的人，那人上嘴唇刚出芽儿的小胡须，上官芳就不想以前了，想上去摸一摸。她移动着手指，抚摸着王安绪的脸颊，他的脸长长的，皮肤黑黑，颧骨很高，双眉像两条寸长的扫帚平放着，平平的鼻子上有三五粒雀斑。上官芳想把那几粒雀斑抠下来，大概是痛了，王安绪一下翻起了身抱住了她。

十七八岁的小男女像夏天的热风，把世界就堵在了门外。

秋天，是雨、太阳、风和四季的轮回。雨过后，青乡里的院子里出现了水坑，王书田拄了拐杖站在水坑旁，他的心事很重，他看到水中的自己，那哪里是个人？他叫儿子出来到上屋一趟。

高秀英搀着他，王安绪过来也搀着他，走进上屋他示意关上门。王书田说："安绪儿，爹怕是熬不过今冬了，我得了啥病我是明白的，是你结婚时种下的祸。你大伯是你祖母改嫁带来的孩子，你早先的祖母不会生养，你祖父就决定要找一个生过孩子的女人，就找了丈夫去世的你祖母，也就是说我和你大伯是一个娘两个父亲。你订婚的那天，你大伯的女儿春香搅了柴房的水缸，被你妈撞见了，春香那阵儿怕训斥摔倒在柴房里，春香摔重了，变傻了。那夜叫了郎中，也把你大伯和大伯母叫了过来，我把真实情形说了，你大伯母立马站起来在我脸上掴了两巴掌。”王书田有些气喘，安绪端过来一盅水要父亲喝。

“我不生气，这时候你大伯说话了，说是欺生，王家人欺常姓人，你大伯原来的祖姓。咱们王家圪洞的两院房，青乡里和三槐里，青乡里是祖屋，要大一些，按长幼该你大伯住青乡里，可他不是王家的血脉只能住三槐里了。我知道他从心里一直记恨，一直堵着。我也知道他肚子里搁着这事呢。你祖母听了他说的话，叫喊着扑过去要撕你大伯的脸，你大伯挡住了她，越说越激动，话有些火，你娘听得不中听就插了话，你大伯站起来掴了你娘两巴掌，你大伯诅咒王家从此在下里断子绝孙。你祖母喊了一声：‘造孽！’一头碰在了放粮的石仓上，你祖母用手指着你大伯咽了气。”王书田咳嗽了一阵，吐出一口血痰。

“你知道我为啥要告诉你吗？因为你大伯心里有气怄着。我知道那气很冲。你现在顶天立地是个男人了，可你不争气染上了鸦片烟瘾，你那大伯是披着王姓皮的狼，他从来就不念我和他是一奶同胞，你要争气啊，要给咱王姓后代争气，改掉烟瘾和上官芳过日子，生出几个健壮的后人来，爹死也瞑目了。”

王书田又取出几本账本来要王安绪过目，并一一做了交代。王书田说：“我们王姓祖上曾出过进士，走到现在你爹也就是念了个秀才，你还不如你爹，眼看家业难守啊。再难守也不可做败家子，要戒掉鸦片烟瘾，记住了。”王安绪塌鼻梁上就有眼泪往下滑，几粒雀斑变得深黑。高秀英想起了那一碗血光，一下拽住了儿子的胳臂哭着说：“儿，娘就指望你和你媳妇的肚子了。”

这一年冬天，上官芳和王安绪拱在棉被里打造儿女时，四十岁的王书田走了。凉意袭上了上官芳的双腿，她不知道一连串的灾难就要到来了。

三

第二年夏，上官芳生下儿子王丙东。

第三年秋，上官芳生下儿子王丙南。

第七年冬，王安绪去世。临死前的王安绪两只眼睛凹得像两只干缩的倭瓜，裹在被子里，看不见鼻梁上那几粒儿雀斑，他透明的身体躺在上官芳的臂弯里，一动不动往西天而去。

两个寡妇支撑起两个男孩儿的教育和四十亩出租的农田。

租种沁河河滩三十亩沙滩地的是郭壁村的李栓，王姓家族走到现在，家存的积攒因不断地减增人口已经空空，而且债台高筑。高秀英和上官芳商量想卖了河滩地。这时候有人就站出来想要买下这三十亩地。买地的人是租地人李栓。

下里村的人不相信李栓能买得起地，但是，李栓就是买了。李栓放出话来说："河滩地是我日弄出来的，就像养活了一个人一样，和它有了感情，现在比不得从前，要卖地就得先卖给我，我种王家的地是迟早的。"

这叫什么话？婆媳俩商量来商量去，觉得有人从中间作梗，想不起是什么人，就哀叹家里没有了顶梁柱外人就要下看。上官芳说："这么些年了，大伯和咱家老不上门，现在有人要找咱的碴儿，是不是也应该和他商量商量了？"

高秀英因丧夫丧子的打击，身体极度衰弱，用手指了指胸口又指了指嘴，摆了摆手。上官芳说："咋说也是大伯，我去找一找看看。"

上官芳抱了小儿子牵了大儿子走下大门外的台阶，走近三槐里的大门。上官芳要怀中的小儿子拿起门环拍拍门，就听得有下人叫了声："谁呀？"

"是我，青乡里安绪家里的，大伯在吗？我给他老人家问安来了，烦你通报一声。"

有一会儿工夫门开了，上官芳随了下人走进了正屋。她看到王书农坐在太师椅上，头戴毛织贡瓜皮帽，身穿青哔叽夹袍，手里取了水烟袋咕噜噜抽着。上官芳说："大伯在上，受侄子媳妇给您老人家的叩头。"一边招呼两个孩子也叩头。

王书农没有想让他们母子起来的意思，放下水烟袋说：“我怎么就没有见过安绪娶过媳妇？”这时候，有一个女子披了头发从门外走进来，看着地上跪着的人咧了嘴笑，笑声由小而大，上官芳身边两个孩子就哭了起来。上官芳呵斥孩子不要哭，然后说：“是光绪二十七年九月十六进的门。”

王书农说：“是光绪年间的事啊，光绪年已是老皇历了，我不记得了。你还知道我是你大伯！”

上官芳说：“知道。只是因为家里一直有事没有过来拜见，又因为过去的旧事，侄子媳妇现在提起，肯定还伤大伯的心，青乡里的日子不好过，活到现在我们守业都难了。不来拜见是小辈的错，还希望长者不记小辈错。”

王书农把水烟袋端在左手上，用烟嘴指了指依旧在一旁傻笑的春香说：“她吓哭了你的两个儿子，你知道她是谁？”

上官芳说：“想是妹妹春香了？”

王书农说：“还算好记性，有些事情因你而起，想必你也该记得了。你来是和我说李栓买地的事吧？”

上官芳说：“大伯真是明白人，真要有劳大伯了。李栓是郭壁人，一直租种河滩那块沙地，现在一下提出想买那块地，不是不卖，家里已经借了不少外债，债台高筑，讨债人年底来讨拿什么去还，地是要卖，只是不想卖给李栓。”

王书农把盘在太师椅上的腿伸展了，用手撸了撸头发看着春香说：“噢，不想卖给李栓，那么想卖给谁？”

上官芳说："说心里话，谁也不想卖，希望大伯看在祖母的面上能给周转一下，大恩永记，容我儿到能知觉、懂情怀时当报不忘。"

王书农皱了一下眉头看着春香说："你不觉得太久了吗？可惜我这女儿连个废话都不会说。"马上又调转了话题说："很好，能想到大伯就好。你看，不管你是不是安绪的媳妇，不管往日有过什么纠葛，难中能想到你的大伯就好。有八年了吧？八年了，我无时无刻不在想你们，这日子越往前走就越觉得重，就越觉得痛，能想到大伯就好，就好！河滩地那就不卖了，不过——"

上官芳听到王书农似有什么迟疑的事，抬起头来看着说："大伯还有什么不好说的事？自家人就说出来，侄子媳妇也不是不懂大理，以往的事情我也隐隐知道一些，要是我的公公和丈夫做错了什么，八年了也请求大伯看开些，咋说王家圪洞也就剩咱这一脉血亲了。"

王书农换转了手上端的水烟袋，说："是啊，只怕这一脉也要断了。哦，不说这些了，刚才说什么来着？是李栓买地的事吧，只是怕引起郭壁李姓家族的猜忌闹出笑话来。既然决定不卖了那就这样吧，你把租种地的契文取过来，和李栓说，地要租种给大伯，现在王家还有长辈在，要他来和我商量，租种地的年租金是多少还是多少，你现在就回去取来地契，我也好给你打点一下。你看如何？"

上官芳弯腰抱着小儿子磕了头说："有大伯做主，侄子媳妇还怕什么，只是不知道该怎么感谢大伯。"想了一下想说什么又没有说出来，说了声："那侄子媳妇告辞了。"

上官芳起身站起来，腿有些麻，打了个踉跄，春香就大笑着说："好哇，好哇。"上官芳看着春香想：她要是不傻，真是一个俊秀的人。牵了儿子走出三槐里，从心里想着大伯的好处：没想到借钱就借了，紧要的时候还是自己的亲人帮忙。说大伯记仇那都是从前了，大伯还是咱大伯。

回家和婆婆说了自己去三槐里的收获，高秀英说："也许你那大伯真的回心了？！"

取了租地契书又一次走进了三槐里，看到大门洞站着一个人，是春香。春香的脑袋里好像有笑不完的事，春香的胸前挂着一粒饭渣子，上官芳掏出手帕想帮她弄下来，春香一把抓住了那手帕不放，上官芳笑了笑丢开手走进了堂屋，发现太师椅上多了一个人，是本村的地保张五爷。跪到地上给大伯和张五爷请了安，因为有外人在不大好说话，等大伯叫起。听得王书农说："东西拿来了？拿来就递上来吧，张五爷也好做个证。"上官芳把东西递上去说："大伯请过目，一切由大伯来做主。"

王书农起身，从竖柜里取出一小包银钱递给上官芳："这是你河滩地的，你取了去，有张五爷在，我王书农怎么能不管不顾呢！起身去吧，有什么事过不去就来找大伯。"

上官芳告辞出来，手里的银钱变作了希望和温暖，心里一热就有泪掉下来。纳闷的是，李栓没有再来找上官芳说买地，李栓不来上官芳心里反倒不怎么踏实了。不踏实归不踏实，日子推拥着挤得满满的，心里就把这事搁在了一边。因为日子过得紧，使唤人都已经辞去，空空的一个大院里什么也听不到，就听到孩子们的哭声。两个孩子中间只隔了一岁，你争我吵，你欺我霸，整日里，清鼻涕和着眼泪不断地流，不时听得上官芳的呵斥声。忽一日听得有唢呐和笙音传来，像是大伯家办喜事了？想不起是谁，大伯家的女儿春香傻在家，是谁呢？怎么也不通告青乡里？以前因为结仇互不上门，现在不是已经说和了吗，怎么也不说一声。上官芳抱了孩子迈动小脚走下了石台阶，迎面碰上了村中一个熟人。熟人说：“李栓招了你大伯家的老姑娘春香，陪嫁是李栓要买的三十亩河滩地。”

上官芳觉得距离喉咙五寸的地方有些闷，咬着自己的下嘴唇竭力装出想笑的样子，没有笑出来扭回头上了石台阶进了青乡里。王丙南哼哼唧唧用小手撩她的大襟衣服，想吃奶了。就听得一巴掌下去，王丙南脸上显出了五个红印子，半天没有哭出来，又一巴掌下去哭出了声，红印子变成了血印子。高秀英急忙走出屋叫道：“什么事憋了这大的气打孩子？”要过王丙南搂在怀里哄。

上官芳说：“王书农招李栓上门，陪嫁是咱河滩地。”

高秀英一把拉住上官芳的小袖：“你说什么啊？那地不是租出去的，怎么成了陪嫁？”

上官芳说：“我也不晓得，要去问问！”

三槐里的鞭炮响得震耳，周围看热闹的人远远站开了，上官芳迎着炸下来的鞭炮声走进大门。王书农站在院子里迎送来人，上官芳走上去正视着他说：“大伯家办喜事怎么也不通告一声？我想问问，李栓陪嫁的那三十亩地是咋回事。”

王书农把小辫子从前胸甩过后背，立马表现出感到意外：“那三十亩地不是你要我做主卖给李栓的？张五爷在场，红嘴白牙定了的事，你也拿了银子的，怎么现在倒咬一口了！”

这时候主持婚礼的张五爷走过来说：“是啊，媳妇，我是亲眼见的。大喜的日子里，舌头没长脊梁你可不能胡说。”

上官芳感觉自己掉到了悬崖边上，手里抓着一根绳子也脱落了，气流冲击着她的胸口，心没着没落的，一下就号啕大哭了起来：“你可是我王家的大伯呀，一年的租金买了三十亩地？你怎么配做王家的大伯？你要我和我的婆婆说什么？”

王书农说：“我这是办喜事，不是要你来叫丧，你扯了嘴号什么？你和你的婆婆说什么，这事也要我来管？卖地的时候你找我，要我来帮助你卖，现在地卖了反倒落了这么个话！”

上官芳说："事情哪是你说的这个样子？你说的这个样子，要是别人还说得过去，怎么你是王家的大伯也敢做这样的绝事？"

王书农拿了旱烟袋锅子在手掌心磕了一下，抬起头笑了起来："做绝事？下里村人谁见过我做绝事？谁不知道我是看着人的眼色长大的。人还不到山穷水尽的时候就想着卖地？那是败家子！王家出了不肖子孙啦，大伙儿来看看，这就是我王家的妖精，克死我母张金花，克死我弟王书田，克死我侄子王安绪，克傻我闺女王春香，现在又想要来搅我傻闺女的婚事，只要我活着一天就要守住这份家业不败，就不能让贱人得逞。你怎么就连一个被害得半傻的人也不放过！妖精！"王书农背转手弯腰冲着上官芳说。

看热闹的人都拥过来看她，她张着个嘴说不出话来。眼泪掉到前胸落到膝盖滑到地上，人们指指点点说着什么。上官芳掩面跌跌撞撞出了三槐里，爬着上了石台阶看到婆婆高秀英抱着王丙南站在门墩旁，上官芳抱住高秀英的双腿叫了一声："娘——"倒在了大门口。

有腿快嘴快的，早把这边的情形告给了婆婆高秀英。像春风刮过草地，悠悠缓过来一小口气，看到婆婆高秀英吐了一地血，无常的命运毫无表情地就这样来了。她急忙上前扶稳婆婆，高秀英指了指天，指了指地，指了指她，从嘴里蹦出两个字来："祸水。"上官芳惊讶地瞪大了眼睛，呼吸减得很慢很慢，然后，长长吐了口气，眼泪在眼眶里打转，到底没有掉下来。“娘啊，我不是祸水，你也这样来骂我了？我是为了王家，我养了儿在王家，你也是女人，你要是这样以为，我还说什么？说给谁来听？谁来信？”

高秀英捂着自己的胸口说：“要我怎么信你？你来了王家，王家出了多少事？自己干不了事还想逞能，心强命不强，倒好，我王家咋就娶了你这么一个祸水？你去给我把地要回来啊！”

地收不回来了。上官芳被不断降临的灾难攫住了，这一年高秀英带着满腹的仇恨去了。上官芳借了高利贷葬了婆婆，为了还贷，她卖了娘家的陪嫁。上官芳买了猪、牛，她不相信日子是一潭死水，她要它活水长流。

母子们守着剩余的十亩地过活。她的心里支撑着一重希望：两个后生的成人。此时，他们正在院子里打架，她喊了一声：“你们什么时候才能知道娘的苦啊？”上官芳哭了起来，为自己哭，也是一个母亲为抚养孩子哭，她的哭暗含着她的仇恨。以前没有做母亲的时候她做上官家的女儿，她渴望一种有别于上官家的生活，从来没有想到要发生坏事情，现在，当孩子们一一从自己的身体中出来了，自己也经受了地狱般的苦。娘家因为遭了水患年景一年不如一年，娘家不给自己添乱，自己怎么能去求娘家人，哥哥不说什么，嫂子那双眼睛她就不愿意看。指望不上娘家，指望谁？自己在哭声中只能指望另一个祝福，其实，那根本就不是祝福，更像是一个诅咒，因为，灾难阻止了她想象中的未来。长大，长大，长大，长大的孩子们可以为自己做主，长大的孩子是未来的指望也是黑暗和光明的分界。

真的有指望了。这一年王丙东十三岁，王丙南十二岁，上官芳添置的那头牛也从牛犊长成牛了，在租种地的同时她决定也出租牛。可事情说来就来了，它毫不含糊，因牛而起。李栓敲开了青乡里的门。李栓说："听说你家添了牛，春天了借牛耕耕地。"上官芳说："不借！"说完就恶气顿生，用力把门关上。李栓撂下一句话扭头走了。

李栓撂下的话是："王家圪洞的牛，我日，怎么也不长个记性。"

隔了几天，下里村东张姓人张亮来借牛耙地。牵了牛路过三槐里，牛脖子上的铃铛，"叮当，叮当"响得脆耳。大门"吱呀"一声开了，王书农走了出来，嘴里咬了旱烟袋锅子，跷起腿在鞋帮上磕了一下说："借王家的牛耙地？"

张亮说："耙地。"

王书农望着高天上的流云说："自己要是有牛了是不是就不用借别人的了？"

张亮说："那是。"

王书农低下头往烟袋锅子里按了一撮烟丝说："那就牵了不用往回送了。"

张亮吓了一跳，拽了缰绳扭回头看，看到王家圪洞还是王家圪洞，王书农也还是王书农，石头是石头，门头是门头，是自己听错了？

王书农拿烟袋锅子指着张亮说：“是真的。害怕什么？我们王家的牛，王家的长辈说话了你害怕什么？”

张亮说：“要我买，我是买不起，要送我一头牛那不是天上掉饼子了，哪有这等好事？老叔真会开玩笑。”

王书农说：“我是开玩笑了吗？没有，这样大的岁数和你开玩笑？笑话。”

张亮狠劲捏了自己的大腿一下，不像是梦。

王书农说：“进来说话吧！”

张亮牵了牛走进了三槐里，出来时上官芳的牛就不是上官芳的了。它一下就变成张亮的了。

王书农和张亮说：“你只要想要这头牛，这头牛就是你的了，参与买卖的事要有证人，我就是你的证人，我是看见你日子过得苦，古话说，马不吃夜草不肥，你想想看，我也不想讨你什么便宜，就想争口气，她搞傻了我女儿，我搞她一头牛，说到桌面上吃亏的还是我。”

张亮说：“你直接搞她的牛就是了，怎么要我来讨这个便宜？我没有恩给过你呀，我收受不起。”

王书农说：“我小时候被王家打的时候，你爹给过我一个糠团子，人不能知恩不报吧，你牵了她的牛，你获利我顺气有什么不好？！”

张亮回头再看院子里槐树上拴的牛，觉得那就是我张亮的牛嘛！

上官芳不见往回送牛就差了王丙东去问。儿子回来告诉：“张亮说了，是你忘了，还是他忘了，牛不是已经卖给他了？”

上官芳说：“张亮说的？”

王丙东说：“是啊，是张亮说的。”

上官芳说：“你是不是没有操心听，听得说走嘴了？”

王丙东说：“不信，那你去问嘛！”

外面下着小雨，上官芳戴了顶草帽出了青乡里往张亮家走。沁河水有些看涨，泥泞的村路有些滑，沁河两岸有人在等上游发大水，水也许能冲下来一些有用的东西，有小孩子举了石头等着砸洪头。上官芳顾不上看这些，她的胸腔里也涨着一个洪头，脚高脚低地走进了张亮家的茅草屋。

一进门就看到了她的牛，牛和人住在一起，张亮的穷酸是她始料不到的。她说：“张亮，我与你无冤无仇，你因何想要赖我？我一个寡妇人家拉扯着两个孩子你怎么忍心赖我？就算你家里穷见不得眼前利益，你说给我听，我白借你牛用也不该赖我。常话说富人容易残忍，穷人常常怜悯，你怎么也学了富人那一套？”

张亮的脸红一阵子，白一阵子，说不出话来。张亮老婆说话了：“你王家圪洞是大户，不在乎这一头牛是不是？牵回来的牛是送不去了，不是我们不想送，是人家不让送。”

上官芳抬头看着自己的牛说：“谁不让送了？借是你张亮去敲了青乡里的门借的，你张亮借了牛不见还回青乡里是吧？借了人的不还人，想赖，赖一头牛，你张亮就富了？”

张亮瞪了他老婆一眼。张亮想这事不大好解释，不能直说，可也不好把弯子绕得太大，这么说吧：“我是从青乡里牵了牛，我还走了王家圪洞，王家圪洞我还路过了三槐里。我一路过三槐里，我说你卖给我了你就肯定卖给我了。”

上官芳说：“你路过王家圪洞怎么啦？路过三槐里又怎么啦？你不路过能牵了牛走到地里，走到你家？”

张亮说：“我是不该路过，我路过不是我想让牛是我的，是有人想让牛是我的，我不想让牛是我的也不行，因为我就想有一头牛。”

上官芳“哼”了一声说：“知道了。张亮，一头牛富不起来，人要是丢了良心就志短了。牛我不要了，就算我王家上辈欠了你，就算我王家这辈子不该养这个畜生！别忘了，我王家是不想闹事的，真把事情闹大了，我娘家陪过来的东西想必你是听说过的。”

上官芳说完抓起草帽，外面的雨落得很大，打在草帽顶上发出乱响儿，抓住草帽下的布条，提了心跑，一路小跑回了王家圪洞，路过三槐里，她站在门口狠狠跺了一脚，泥水溅到了她的脸上，她捡起一块石头想对准王书农的门扔过去，她想理论，终究还是压下了火，脑子里飞出了一段不大连贯的想法：儿子还小，不能让他下了毒手，忍字心上一把刀，能忍住就能化解一切。为等待活着，活出血也要等待。我倒要看看一头牛能把人养肥到哪儿，就当是沁河发大水冲走了。

隔了一天张亮把牛送回了三槐里。张亮说："这牛不能要。人家是有陪嫁的，娘家的毛瑟枪那可不是吃素的。老叔，咱命中无牛，牵了睡不稳当。"王书农说："一个人要想成大事就得做绝事，也就是一头牛，怎么就不敢要，那毛瑟枪又怎么啦？她一个女人敢把你撂过去？想你也成不了大气候。这样吧，你不要我也不会亏待你，你扛了那半袋麦子走吧，也算你帮我出了恶气的报酬。"

张亮扛了麦子出来，脚有些打飘，一打飘就上了石台阶走到了青乡里。他把麦子放到石门墩上，喘了口气想叫门，抬起了手又放下了，想了什么，脱下布衫把两个袖口绾住，打开布袋掬出些麦子放进袖中，绾好布袋口绳，双手捏了肘窝处搭在双肩上往回走，走了几步觉得自己真是背了个祸害，再回头看门墩上的布袋还在，有些不舍，放下布衫搂在怀里，含了两颗泪珠走下石台阶，一路吊了心回了自己的茅草屋。

上官芳到院外挑水时看到了门墩上的麦子，布袋口上写了一个王字，是王家的布袋，那么是谁送来的呢？是王书农？她厌恶自己怎么能想到他。她想也许是祖上有人借过，现在连布袋一起还回来了，扭身叫了王丙东要他拿回去。

王丙东说：“娘，是谁送的麦子？”

上官芳说：“不管是谁送的，往后要是有人提起来，记着欠了人家一份人情。”

四

上官芳守着自己的儿子，计算着家产，日子过得有些紧缩，剩余的十亩地，因为两个后生的不断长高越来越顾不了嘴了。上官芳决定还租一些地来种，孩子大了两个后生就像两口锅，每天往里填水米的不是以前的勺子了，是瓢，要几瓢。年景不好，收成也随着下落，租种土地的佃户刘三交不起租银悄然失踪了。有说刘三出去参加了土匪，因为被疑为匪，刘三种过的十亩土地没有人敢种，再说，刘三也没有退耕。上官芳找到刘三的妻子问话，刘三的老婆说：“来年春上交满租银就是了。”

收不回租银，再租其他人家的地，因无力付租就有些磕绊。这时候听说王书农要租佃土地，王丙东背了母亲想前去试试。

王丙东长这么大第一次走进三槐里。王书农已经六十多岁了，鬓角上的白发像断丝一样飞起来，后脑勺上挂着一条猪尾巴，背着手，不看来人。王丙东发现他手上的烟袋锅子，铜烟嘴儿换成了翡翠。走进堂屋王丙东跪下来叫了声“大爷爷好”，磕了头。王书农扭转头看着地上的王丙东说：“你是谁家的儿，叫我大爷爷？”

王丙东说：“来人是王安绪的大儿，也是您老的侄孙子王丙东。”

王书农明显皱了一下眉，猛吸了一口旱烟说：“如此说来真是大了，想必是你娘让你叫板来了？”

王丙东说：“我不明白大爷爷的话，我是听说大爷爷要租佃，想问一问能不能租给侄孙子种？”

王书农说：“你的娘知道你来了三槐里？”

王丙东说：“我娘不知道。”

王书农“哼”了一声。一口接一口抽着烟，一锅烟完了在手掌上磕一下，磕下来的烟灰顺着阳光的亮儿飘到王丙东的眼睛里，有些干涩，有些辣。

王书农说：“听说你的娘把陪嫁过来的都典当了？那么有一杆毛瑟枪不知道在不在了？”

王丙东没有想到大爷爷会问这种话，好像阁楼的条桌上有红布包着个长东西，娘不让动，也不让上阁楼，想来问的一定是那东西了。“好像在阁楼上。”

王书农想了一会儿想说什么没说出来，示意地上的人起来。“你的娘是个败家女人，不懂得守业，不懂得什么是安身立命的根本，她命带祸由。自从她嫁到王家，已经有多人因她失血折命，敬奉着那杆毛瑟枪怕是王家将来要因它遭到大的血报。”

王丙东打了冷战，望着烟雾中王书农的脸，那张老脸白得毫无血色，扁平的鼻子下说话的嘴巴咧开很大。他不知道到底王书农长了个啥样子，也忘记了自己到底是来三槐里干啥来了，呆呆地站着有些抖。

王书农一看这样子就知道王家的后代要绝了，也就是试探试探罢了，小崽子就这样儿了。

王书农棋艺不高，可也不是看一步棋的人物，在他整个人生规划中，一切将要发生的事情都应该按着他的预计来。换个比方说，就像在上好的田里开了个口子，有水来了要流走，必然要经过口子，田是干渠，口子是支渠，再从口子上挖口子叫斗渠，依次为农渠、毛渠。水流走了地脉不完能行吗？他要把王家的田挖开让水流到他的田里来。

王书农说：“你的娘不懂得道理，你应该懂得是不？说明你是懂得的。你刚才说想租种我的地，好啊，回去先把那杆毛瑟枪拿来，我要那杆毛瑟枪也就是想把它毁掉，来化解你的娘身上自带的祸由。想得出来你是懂得疼人的孩子，想帮助你的娘打口粮了。那就去吧。”

王丙东轻飘飘走出了三槐里，爬坡走上石台阶，看到自己的娘正担了水桶要拐过大门，到屋后的井中挑水。他说：

“娘，我来。”

上官芳说：“十六岁的肩膀骨嫩，回家去吧。”

王丙东想起了那杆毛瑟枪，三步两步进了屋，看到弟弟在柴房烧火，抽身上了堂屋的阁楼。一眼看到了有些泛青的红布包袱，顾不上看是不是毛瑟枪，兜在怀里下了阁楼。下了楼想不起该往哪里藏，看到炕洞就胡乱塞了进去，抬起头来看到娘挑水走进大门，水桶晃悠，有水洒下来，阳光照着那水不是水，像血。

王丙东怀里揣了毛瑟枪走进了三槐里。这时候他看到王书农迎了出来，王书农说：“取出来吧，我要当着你的面毁掉它，毁掉它就毁掉了你的娘命带的祸由。”

王丙东从怀里掏出来递给大爷爷看，大爷爷不看，说：“有些东西是不能看的，祸由这东西是有障眼法的，常能迷惑你的性儿。”就在这当口，那支毛瑟枪从王书农的手里脱落了下来，那哪里是什么毛瑟枪，它就是一个像枪一样的树疙瘩嘛，王丙东想到真是遇上障眼法了。听得王书农说：“我日，小婢子敢诈我！”拂袖而去。

站了很久，王丙东跌跌撞撞回到了青乡里，进了家门看着母亲有些发怔。上官芳说：“你怎么了，儿？”

王丙东说：“我遇上障眼法了，看到好端端的毛瑟枪成一截树疙瘩。”

上官芳一把揪住儿的手说：“哪里见着毛瑟枪了？”

王丙东脸儿煞白看着娘，恐惧地说："在三槐里，大、大爷爷家。"

上官芳放了手往阁楼上爬，只一会儿工夫就下来了，她下楼梯时是坐着下来的，木梯子擦着她的衣服，焦虑带来的不安是出奇的静，她站稳了脚，落定了神，伸出胳膊狠狠抡出了一个圆，"啪"地甩出了响儿。

上官芳原本陪嫁来的就不是杆毛瑟枪，上官芳是清楚的。出嫁的前一天，爹把她叫到书房说："女儿，爹给你的陪嫁中有一杆毛瑟枪，不是真的，爹眼看家道中落，能为你撑腰的也就是这个虚设了。现如今世风日下，你婆家因为婚事出了一些麻烦，我与你未来的公公见过面，我们一起共同商量过此事，也知道不可能陪你真家伙，可你要记清了，它曾经是清祖征服天下的庇护，在它的庇护下，破碎山河重新形成清祖辽阔完整的疆土。有生命的东西只要想活命就怕它，你只要藏着掩着它，外人想动你王家的家产胆子就壮不起来。"

上官芳把这段话讲给两个儿子听，上官芳说："你们都大了，娘熬到现在给你们交的也只能是一把枯骨，娘要告诉你们，你们的那个大爷爷是披着羊皮的狼，不要希望从他身上得到关照，不要想着去找他，你们见过发善心的狐狸吗？丙东儿，告诉娘你找他干什么去了？"

王丙东看着娘发抖的身体，从心里就不想把真实情形告诉娘了，就说：“我路过他家门口看到门开着就进去了，大爷爷说想看看咱家的毛瑟枪要我取来，我背了娘从阁楼上取下来要大爷爷看，发现那不是毛瑟枪是树疙瘩。”

上官芳说：“王书农说什么了？”

王丙东说：“他笑了几下，扭头撇下我回屋了。”

上官芳摸了摸王丙东的脸，搂过两个儿子哭了起来：“告诉娘，疼吗？娘出手重了。”

王丙东哽咽着说：“娘打得不疼。”

隔了两日，王丙东看到大爷爷家的地里有人在烧荒，不由得又拐进了三槐里。见了王书农也没有下跪，单刀直入说：“大爷爷，那地是我先说好的，你怎么租了别人？怎么说我也是王家的后代。”

王书农捋着胡须说：“哪见过这样和长辈说话的！来人，把这恶少给我赶出三槐里。”

王丙东觉得有一股气在胸腔鼓着，这股气拥有着不可估量的载力要冲出来，他的身体一点点地弯曲，两只眼睛像獾般露出狰狞的光来，他吼了一声：“为啥这样对我？”

王书农站下来，扭回头，脸上挂了笑：“穷富都是命里注定的，常言说‘救急不救穷’，这个穷坑我是填不满的。”

王丙东一下没有明白过来，当到底明白时，一个孩子心中的愤怒就像一头驴子徒劳的怒吼：“为啥？”

王书农大笑起来：“还问？因为你住了不该住的地方，

因为你的娘命带祸由，因为——”他看到王丙东正承受着两种重力，和自己当初走进王家时一样，让他一辈子都无法忘怀，只能低矮地站着。有一丝怜悯从心头划过，马上就又系死了：“因为我想把你们王家的小叫驴都熬成驴膏！”

王丙东冲上去狠命拽了一下那条猪尾巴辫子，然后撒腿跑掉了。听得有喊叫声传出来：“狗，让我逮着就不要想活命！”隔天，王丙东背着上官芳把挂在偏房屋檐下的玉米摘下几穗来，他要弟弟帮他揉搓下种子，背了种子他走进了河滩地。看到张亮在点土豆，这是他料定了的，来就是为了滋事出气。他冲过去说：“这是我租种的地，你没有理由种土豆。”

张亮说：“种不种不是我说了算，也不是你说了算，是主家说了算。”张亮在双手上唾了一下，举起镢头用劲刨下去，土里骨碌出来一只寥僵石，他在弯腰捡拾时，王丙东想到他一定是在捡拾武器，等不及张亮抬头，王丙东肩上的玉米袋子就飞了过去，把张亮砸了个狗啃屎。

两个人从地垄上滚到河沿边，眼看滚到沁河里了，站在岸边上的看客大声叫道：“滚啊，滚啊——”这时候王书农从吊桥上放下话来：“我的地想租给谁就租给谁，嘴上连乳毛还没有褪净就如此横霸，给我打。以为你真有毛瑟枪，拿了个树疙瘩来日哄人，这等少调失教的东西，打死了有我。”

张亮本来是不想动手，听王书农这么一喊，心中似有了几分胆气，一下站了起来说：“老子本来不想动手，是你逼我要两岸人来看笑话，你看老子不整死你！”说罢此话张亮一把揪起了王丙东，伸出手左右开弓，霎时鼻血糊满了王丙东乳毛还没有褪净的小脸。

王丙南扒开古渡口上看热闹的人群跳下河，游到对岸，看到哥哥瘫在地上，自己反倒吓得不会说话了，王丙东说：“扶我，扶我。”王丙南顾不上联手决斗，架起哥哥上了吊桥，王丙东嘴里叫着：“打狗日的，打狗日的！”王丙南哆嗦着不敢打。路过王书农的身边，王丙东抬起头吐出一口血痰，王书农下意识看了一下自己的裤脚，雪白的裹腿上有一个红印子，阳光下刺痛了他的眼睛，他两手牢牢抓住了吊桥旁的铁绳，他害怕掉下去，吊桥下是滚滚的沁河水。

上官芳看到儿子被打成这样子，气得跺了脚说：“谁叫你去？饿死也不去求他。”说着拿了手巾小心翼翼擦着儿子脸上的血迹，手巾上的血水在铜脸盆里，晃着窗户上的方格子一涌一涌。上官芳努力让自己平静下来，把过去不曾对孩子说的话重新说了一遍：“人穷骨头不能软，宁可去抢，不能去求！”

夜里，租种地的佃户刘三来送缴租。看到炕上王丙东小脸儿肿得像个发面窝头，坐在炕沿上磕巴了两口旱烟说：“东家，出身书香，家道中落，只是命理不顺，路途不熟啊！”

上官芳惊讶地抬起头看，真想不到刘三出去两年不到，讲起话来咬文嚼字。就说：“刘三，你真是面善心长的人，没想到出去学了见识，你在外面做什么营生？”

刘三迟疑了有半袋烟的工夫说：“做什么营生？给人家当跑堂，探探口信什么的，小差。”

上官芳说：“你要是出外缺个人手儿，能不能带了我家东儿出去，一来赚个零花，二来也练一练身骨和胆略？”

刘三一下有些慌悚，有些不敢抬头看上官芳。刘三说：“东家，我不能带兄弟出去，我今年不知道明年的事，我来也就是想和你说一声，明年的今天我刘三不来缴租，就不是你的佃户了，不是我刘三不守信义，实在是穷命不保。”

上官芳看着刘三，不明白刘三的话是什么意思。王丙东说话了：“娘，这真是把咱逼得走投无路，我再在屋里蹲下去，憋不死也要脱层皮。刘三哥你就不要推了，带我出去吧？”

刘三摸了一把脸，手卷成筒状在嘴巴上停留了很久，用烟锅嘴儿敲了一下炕沿说：“你们要我怎么说，我实在是说不出口啊。我要能说出口早说清楚了，我也就是看着东家善良才说，我在外做了刀客，也就是下里人常提起的‘恶蚊子’。靠的就是打家劫舍，我把兄弟带出去，这不是害他是什么？咳！”

王丙东有些激动了，撑着身体支起半个身子说：“娘，这么一说我真得跟刘三哥出去了，我要出去闯，闯不出个人样来我就不回来。娘，三槐里的老杂毛不是想谋算枪吗，我要带一杆真枪回来，我要灭了他和张亮，我要报仇！”

上官芳说：“儿，不能这样想，张亮和咱一样，有些地方还不如咱，他到底是穷苦人家出身。”沉默了一会儿又说：“你走我不拦，就要看刘三带不带你出去。刘三要带你出去，你出去了要学出息点儿，不要忘了是谁逼你出去的，给咱穷人争口气。”上官芳说完此话望着刘三。

刘三说：“这不是什么债背在身上，是命，一条人命，我怕背不动啊！”

王丙东挣扎着想起来，想下地给刘三跪下。刘三扶住他不要他起来。

上官芳说：“现在世风日下，乡下抢滩霸地，百姓无处讲理，哪里还有活命的地方？人善被犬欺，你只要带他走，一切后果自有天定，哪里黄土不埋人？”

刘三抬起头，看着这个白面细眉的女人慎重地点了点头说：“有我刘三在，就有兄弟在，刘三灭，恩情灭！”

伤好了，刘三也给地下了种，他们商量好了走的日程。

上官芳又嘱咐了儿子一些话：出门在外要懂得个“义”，结交朋友要赤胆忠心，要懂舍利取义，不要轻易动手杀人，对待和自己一样的人更要学得“给”。上官芳俯下了身拉展了孩子的黑布裤脚，帮他背起干粮布包，要弟弟去送哥哥，她说：“娘不送你了，送不送你娘都在你心里。”

月黑风高的静夜，王丙东随了刘三，划了小船逆流而上。

他离家时除了胸腔里一颗复仇的心以外，手无寸铁，他对送他的弟弟说：“你在家要好生照顾咱的娘，天底下其他可以再有，娘就一个。哥走后防备着三槐里那老贼，不要闹事，等哥回来报仇！”

古渡口岸上两只举起来的手臂像两根竖起来的旗杆，王丙东看见上面风扬着猎猎涌动的希望。

五

人走得饥肠辘辘时终于进了山。一路上刘三和不断出现的人们打招呼。刘三说：“都是弟兄，春忙完前后脚赶回来，也有新入伙的。”

到了山头，刘三指着茅草房门口站着的一个黑脸汉子说：“大驾杆子，黄皮子，兄弟们也叫黄哥。对了，大驾杆子就是这里的老大。”刘三要他停下来，自己走过去说了一通什么，就听得黄皮子说：“既然是自家来人，就请取烟问饭。”刘三示意他过去，刘三说：“我这位兄弟出身寒微，内圆外方，还望老驾杆多方关照。”黄皮子说：“来到山上就是一条汉子，夜里把他们新入伙的孤装（结拜）到一块儿，日后就情同骨肉了。”

“孤装”不是一件容易事，保人具保，头回说了，二回要有个字据，交由“字匠”保管。他们讲究“行低人不低”这个绺规，这个“保”也就算个人决定的“绺子”手续。上面要写明你的来意，是不是自愿“走马飞尘，不计生死”的。

首先是“过堂”。刘三把一个酒壶放到王丙东的头上，在他耳朵边说了一句：“是汉子就不要尿裤。”这时候大驾杆走过百步之外抬起了枪，听得“啪”一声，头上的东西碎了。大驾杆叫人去摸他的裤裆，摸回来的人叫了一声：“顶硬（挺得住的汉子）！”

接下来是“拜香”，就是插香盟誓。插香要插十九根，其中十八根表示十八罗汉，当中一根是大驾杆的。除了陈设的香烛表馔外，桌上还摆着压上“瓤子（子弹）”的勃朗宁、自来得手枪。烧香磕头时念的咒语是：“我今来入伙，就和弟兄们一条心，从此往后，互相扶持，对待众家兄弟，不准有三心二意。如果有三心二意，上前线炮打穿心而过，五狗分尸，肝脑涂地。我如违犯了规矩，叫大驾杆插（杀）了我。”孤装时选烧一炷香，然后燃着表，端端正正地跪在香坛前面，口里念此咒，念毕，磕三个头，仍站在原位。王丙东发誓的时候，与众不同，他将应该说的话说完后，将桌子上摆的手枪拿起，向着自己的胸口，猛地甩了几下，加念了两句咒语：“我如有三心二意，现在枪发了我也算。”大驾杆黄皮子想：真他妈是条汉子。“都是一家人了，起来吧，去认认众哥们儿。”

刘三领他走到“炮头（土匪队中掌管若干枪手的小头目）”那儿，“炮头”说：“你还不会使枪吧，每天早起别踏被窝，到你的卡子时精灵点儿，生命都在这里。”拿了枪和子弹给了他。刘三又领他到“粮台（管吃喝的）”那儿，“粮台”说：“我们在外追风走尘的，不容易啊！啃富（吃饭）时别挑肥拣瘦。听说过‘孔融让梨’的典故吗？要好生学着点儿。”取了衣服、被子、手巾给了他。拜完了绺子里的四梁八柱，热腾腾的酒宴早就陈设齐全，循年龄大小依次坐下，让菜斟酒，酒过三巡喝得有些晕乎了，刘三将王丙东拉到石床前一块儿躺下。床上摆有楠木大烟盘子、象牙洋烟枪、宜兴烟斗翠玉嘴儿、犀牛角烟盒子、烧蓝太谷灯等，刘三一一介绍完后说：“咱过的是当官老爷的生活，要是在家种地哪能享受得到这种甜头？”然后极其熟练地吸了几口，让过来要王丙东吸，王丙东想起了父亲，把烟推开了。半夜听得外面有人吵，起身摸了摸刘三不见了，推了门出来看见有人就问了话：“人都哪里了？”那人说：“下山摸吃儿了（抢粮食去了）。”他听不懂匪话又问：“那他们吵什么？”那人说：“家里有两个赛角（土匪掳来的妇女，被奸淫过），争抢。”

就这么到了一个陌生的环境，王丙东想不出这是一个什么样的环境，心里怀着仇恨，想我什么时候才能报仇，却又想起了母亲来时的嘱托：“仇是要报的，君子报仇三年，小人报仇眼前，有些祸要学会避而不惹，根稳固的时候再回来。”

在流逝的日子里沉淀下来，王丙东学会了刀客的黑话。比如行动时只要听到大驾杆传下话来：“拉地硬些”就是要求快走，“拉地软些”就是慢走。土匪行里吃饭也是有一定的黑语和规矩，如果说错了，不挨打也得挨骂。吃饭叫“填瓤子”，筷子叫“挑篾”，碗叫“瓢子”，吃饭时筷子不兴放在碗上；碗不许弄碎，碗破碎是最大的忌讳，可能会因此送命。

有一段时间了，大驾杆黄皮子想从他的下面人中间选一个驾杆头，和自己搭伴打天下。“炮头”想当二驾杆，“炮头”来“碰杆”时拉了有十几个弟兄，“粮台”也想当，也拉了弟兄，整天闹嚷嚷，更可怕的是有人在拿着一个猪脑削片儿，这意味着有人想起事了。黄皮子把他们叫到一起，摆了八碗十盘说：“既然落草为寇了，就是一棵树上的柿子，要么不熟，熟了风一吹就得一起落地，谁要想挂在树上亮，别怪我黄皮子不讲义字。”说完扔起个酒瓶子，手起枪落，瓶子爆出了花。

“我给你们放一天假，都他妈下山给老子提了仇人的脑袋来，哪个剁得狠我用他当我的杆头，‘炉子亮（月亮）’回‘架子（山上）’，最迟不能等‘轮子发（日出）’，想当杆头的给你放胆的机会，可要让我查清楚你杀的不是仇人，别怪我的‘瓤子’不长眼睛。”

这是一个机会，王丙东和刘三商量想下山杀人，杀谁，王书农。杀王书农不是说想杀就能杀得了。王丙东说：“他们起局的时候都有资本，我没有，现在有机会让我回下里杀我的仇人，我杀了他，就有可能当驾杆头，当了驾杆头就有时间带人回去报仇，杀王书农也好，杀张亮也好，杀一个算天照顾。”

刘三说：“你和我不一样，你是要杀回去报仇的，同是下里村人，常语说，兔子不吃窝边草，在行不懂行，我不能坏了规矩，哥祝你此行一路顺畅，恕我不能与你前往了，我在家恭候你归来。”

马上壮士绝尘而去。弃了马，划了船，王丙东尽量克制着自己的情绪，还是显出了张扬的个性，来自上官芳身上的节制和涵养在他本性中转化成了残忍和极端的仇恨。

顺流而下，先是到了他被打的河滩地。他看到张亮在扬谷子，一把一把的谷种按一个角度扬下去，在傍晚的落日下，像扬下去一波沁河水。扬下的谷子“雨涝不误挖渠子，天晒不误锄苗子”，锄过三遍，谷子绿的时候满河滩一片绿，谷子黄的时候，满河滩一片黄，河风吹过，一波一漾，这时候谷子地里会竖起用谷秆做的草人，草人的手里拿了一些碎布，头上戴了破草帽，草人在吓唬鸟，却吓唬不开人。王丙东想这些的时候是在等待天黑，天一黑他就要下手了。他眼看着张亮扬完了谷子，他本来不打算先拿他下手，可是在这里遇见了，他要是不下手好像说不过道理。也就是一眨眼的工夫，他走了过去。王丙东说："认识我不，鸟？"

张亮抬起了头，看看是王家小子。张亮说："怎么不认识，上一回打得落了水的，不就是你吗？"

王丙东低头闻着满地的青草香气："是啊，上一次是打得我落了水，可这一次呢，鸟？"

张亮傻笑了一下说："你是来找我报仇的？好啊，咱单挑。"放下扬谷的斗站起身拍了拍手准备出击。

王丙东也傻笑了一下说："我是来取命的。"一下从怀里掏出了一个黑家伙："鸟，抬起头放出亮子看清楚了。"

张亮一看，叫了声："妈呀，你从哪弄了个真家伙？你大爷爷说你娘陪嫁来的是个木疙瘩？这么说你真是做了'恶蚊子'。"

王丙东说："我大爷爷卖了你，他要我来取你的项上葫芦，你把头挺起来，不要学得乌龟样。"

张亮霎时瘫在了地上："我给你们家送过麦子，我也是穷怕了，我没有什么给你，我也不欠你的命，我还有老娘有小孩儿，你要我什么也不能绝了我的命。"边说边趴在地上磕头。

王丙东乍听说送过麦子，想起了娘叮嘱的话，扣动扳机的手松了下来，却又想到满河滩黑压压的人群看他打自己，实在难解心头之恨，不由抽出刀来，走上前手起刀落，张亮的下嘴唇掉了下来。

“看在你给我家送过麦子的分上，饶你一命，我要你冬天吹雪，夏天兜雨！”

张亮“啊”了半声，血就像夜色下扬出的谷子随风而起，河水淹没了他的叫声，一切依旧是哗哗的空音。

他丢下张亮往村里走，当他走进王家圪洞时，他看到三槐里的大门敞开着。照壁后站着一个穿月白衣裤的女人，披着头发傻笑着，吓了王丙东一跳。王丙东举着火把晃了晃她，火苗一下燎了她的头发，一股子燎毛臭，她拍了掌大笑起来。王丙东手执刀枪，杀气腾腾，从王书农的正院、偏院，跑进跑出，发现没有一个人在，狠命捣毁了一些家舍一路扬长而去。王丙东本来是想回去看娘和弟弟的，现在，大仇未报无颜回家，朝着青乡里磕了三个头，弯腰走过吊桥，想把气撒往张亮身上，发现他人已经不见。在刚才下手处找到了一块下嘴片揣在怀里，王丙东长叹一声大叫了一句："天不疼我！"

王书农在王丙东进村时已经得信跑了，是刘三报的信。刘三怕日后扳不倒三槐里，自己家人受罪，再一个怕，是怕遇有事变不能落脚老家，人要是落叶不归根，人就不是人，是木头了，到哪儿也得任人宰割。

王丙东一路上想着报仇的事，怎么出师就这么不利呢，老贼，我还要回来。

上了山看到陆续有人提了包袱往回走，王丙东见了黄皮子时，黄皮子说：“小不点子，剁了仇人的脑袋了？”

王丙东说：“我只割下了仇人的下嘴片子。”

黄皮子感了兴趣：“怎么仅割了嘴片子？”

王丙东说：“因为他不是我真正的仇人，他仅仅是骂了我，辱没了我的祖宗，我割了他的嘴片子，我要他冬天吹雪，夏天兜雨。我的仇人我没有找见。”

黄皮子笑着拍了拍他的肩说：“在道，你比剁脑袋的人想得绝。”

回来的人把包袱扔在院子里，院子里起了响声，咚，咚，咚，落下来又浮起，干涩生硬。黄皮子把他们叫到一起，问了各自的情况，黄皮子笑了，笑起来露出了一口黄板牙，黄皮子说：“你们中间有不少人说了鬼话，要你们单枪匹马去杀人，以你们的性格来判断，你们的仇人想来也和你们一样残忍，怎么说杀就杀了呢？我要没有这一点儿判断能力，你们就不会和我来‘碰杆’了，日哄谁也日哄不了我呀！我也就是当下才决定了，我想让丙东做我们的杆头。”

亮子下刀客们抬起头看看黄皮子，看看王丙东，王丙东一下没有明白过来，扁平的鼻子上，细长的眼睛眯起来，有些不大胆壮地说：“说的是我吗？”

黄皮子说：“就是你，从现在开始你就是二杆头了，下边的人要听你来指挥，哪个不听，你只管插了他。可你也必须给他们做个榜样，不赌不嫖不抽不私。”

黄皮子说：“做刀客的人都是没钱的人，没钱的人最讲骨气，也最讲义气。人要是有了这两气，那可就不得了，上可以顶天，下可以立地。古来多少英雄豪杰，起事前都他妈是穷光蛋。我们现在有枪了，别丢掉了做穷人时的良心，为了做二杆头滥杀无辜，只有丙东说了实话，这二驾杆就非他莫属。”

王丙东开始领了人下山行事，绑票回山时，他们走进寨门，听得有哗哗啦啦往枪里装“瓤子”声。王丙东怀疑了一下，心中一惊喊道：“你要行死我吗？”

“我为什么要行你？”

王丙东说：“那就压着腕！闭着火！”

等他走近时，只一枪过去，王丙东的双眉中心就长出了一只血眼睛，仰面朝天倒了下去。

王丙东的死，是因为有人看不惯他年轻轻就当了“二驾杆”。刘三听得枪响，从屋里奔出来，一看再看，心里的火苗霎时蹿了起来，手起刀落那人的胸口就喷出了血泉。

这一年王丙东十八岁，在阳世活了十八年，做刀客做了一年半。

刘三的脑袋像装满了一锅麻油，憋闷得没有一丝儿缝隙，才十八岁，连女人都没有啃过，这样就完蛋了。

黄皮子走过来看了一眼，叫刘三进了屋。黄皮子说：“人是死了，出了事情都他妈心歪，你回去叫一下他的当家人。”

六

上官芳乍一听说此事有些傻，有些惊呆，上苍给自己降下来的不是幸福，不是欢乐，是灾难，她大叫了一声：“天杀！”女人泼辣的东西一下吊在了她的胸腔，两行长泪挂下来。以往，一些忍耐的情绪都在脑海里藏着，等待着一个契机被激活、被唤醒，现在它发芽了，它冒出个嫩头来。她一把抓了刘三的领口，就这么流着泪看着，好久她用自己的头猛撞了刘三的脸一下，刘三的鼻血就被撞出来了，她说：“你不是给我发过誓吗？你发过的誓怎么就化泥了？你还我的儿啊！”

刘三想，她要掴自己的腮帮子就让她掴，可就是没有想到她用头撞自己鼻子，好一阵子酸痛，捂了鼻子有些眩晕地说：“只要心里痛快，你就撞，我要吭一声我就不是人。”

上官芳说：“你不吭声就是个人了？人在情在，人走情就灭了。这是你说的人话！”

刘三从青乡里出来叹了口气，一路想着这事回了家。坐到炕沿上闷了心事不说话。老婆说：“以往回来猴急似的要办那事，今儿咋了？”刘三说：“我要再过几天没有音信，你就带了闺女嫁人。”老婆说：“好好的嫁什么人？”刘三说：“你嫁你的人就对了，不该问的不要问，老子有人了想换个嫩的。”刘三老婆瞪了眼睛看刘三，以为他在说笑话。

刘三天不亮就要走，老婆拽了他的胳臂不放，刘三说：“你这样拽着我，你是要我早把你扔掉啊？还不放手。”他老婆就放了手，低下头咬了下嘴唇不敢哭。

为避嫌，刘三在五里以外等着接应上官芳母子。

黄杨木大门先于下里村醒来，上官芳拉着丙南迈出门。外面的雾大，两步之外什么都看不见，鸡还在叫，叫声被雾胶住了。她是今早第一个起床的人，路上积着雾，她走得不急，甚至有些太过从容。裤子上扎着绑腿，细脚伶仃的，走路像踩高跷。丙南急忙上前去扶，她不要他扶，她有棘木拐杖。有人赶了牲口走过来说：“安绪家的，起了，这么早要上哪？”她说：“回娘家。”脸上还露出了笑。

下了古渡口上了小船脸上的笑就挂不住了，风吹着脸，雾湿了头发，船家要她进舱坐，她说：“不！”一副斩钉截铁的模样。

船往前顶着，漫延百里的沁河两岸千树万树，宛若条条利箭要戳穿什么，什么也没有戳穿，只戳穿了她的心。想自己女人柔弱的情怀是什么时候生出了一颗男子刚硬的心，想起来要儿子去当刀客？刀客是做什么营生的？是杀人放火，是浑水摸鱼的土匪！做人的不能正当做人，成事不足，扰民有余，自以为省力，却丢了性命。那么，是谁不让过好好的生活？是谁逼得走了这条路？是仇人——王书农。

下了船有大驾杆派来的轿夫，一路护送上了山。山里的绿色已经褪尽，一概是枯草的黄色，是一种漫漶的苦涩。

上官芳落轿的第一步看到了一口血红的棺材，棺材前放着一个失尽血的人头，两旁是系了白布的占山刀客，山风猎猎，香烟袅袅。上官芳踉跄着走过去坐下来，真的坐下来的时候，她倒惊异了，十八年的苦真该哭一回，可是她突然没有了悲伤。她的哭哪里去了呢？天地间灰蒙蒙一片，她看不见的太阳已经落尽，她的苦在这山风猎猎中溃掉了。山上起风了，黄草叶在地上转圈子，转来转去都堆到了她的面前，她突然就说话了：“是不是你呀？我的儿，要是真的是你来缠着娘，你就到娘的怀窝里来吧，娘的怀窝里暖暖的，冷的时候不凉，热的时候不烫。日月无形，你的羽毛还没有丰满，你来娘的怀窝里是要娘来抚摸你吗？娘的心肝，娘的肉啊！”上官芳手里捏了地上打旋的草叶，有一会儿，身子骨挺挺地站了起来说：“做一个刀客，被人吃了黑枪是没有脸面的，也就是说他一定是什么地方得罪了众家兄弟，才落得如此下场，我以前见他的时候，他活蹦乱跳，现在再见他人已经没有了，就当还在外糊口，不想了，一上这山上来我就不想了，一看这景我就不想了。既是在山上没的命，就把他埋到这山上，让他呼吸着这山上的透爽的风睡去吧。没有命的儿啊，随了风去吧——”

大驾杆黄皮子有些顶不住自己的情绪了，有眼泪往下掉，手捧着一张字据走近前来说：“是丙东的娘，也就是我的娘，我们出门在外，打小里就不知道什么是伤心，今儿我学得了。这张字据是我与您老立下的，以后我就像照顾亲娘一样来照顾您。”

上官芳说：“我养他一回，我却没有看好他，让他受了罪，让他临去也见不着娘，他往昔的一件件、一桩桩事情，缠着我呢，我只能做他的娘，怎么好做你的娘！”

黄皮子把上官芳让进屋，他觉得这个“娘”和一般的女人不一样。黄皮子留上官芳住下后，出门第一件事情就是要“粮台”做一碗热汤面，第二件事情是要把那个喽啰的脑袋煮了做尿罐子。

丙东埋到了寨外的一块坡地上。白花花的人群号着从上官芳面前经过，光秃秃的山岭上风吹得起哨，于情于人于景，人生如梦瞬间半生，上官芳体验到了什么是真正的大痛！就在这时候谁也想不到的事情发生了，刘三手中的枪响了，刀客们有些大乱，想不清楚谁他妈又要开黑枪，却看到刘三倒在了王丙东的坟堆旁。

刘三讲了一个“义”。

上官芳跑过去抱起刘三的头，刘三叫了声：“你能给我做娘吗？”等不及上官芳答应，刘三说：“我对不住你——”一歪脑袋断了气。

黄皮子叫道：“靠他妈，一双儿落了草，都他妈是真汉子。”

半坡上堆起了两个山包，黄皮子望着墓堆说：“今儿送一人，睡去一双，如今二当家的娘来了，我们要留她在山上住几天，各位要好生相待，我现在当着众家兄弟的面子拜娘，也是要大家见个证，有我黄皮子的一天就有娘的一天。”说完跪在了上官芳面前叫了声：“娘，收了孩儿的一片孝心！”

这时候上官芳的眼泪往下掉了：“我大儿子没有学好吃了黑枪，我还有二儿子，我把他留到山上，你们要好生调教，今儿我受了头，我就得尽娘的义务。”她从长衫下取出一块桃木符递给黄皮子，说：“也算是我给你的见面礼了。”

这时有几个小点儿的刀客嘀咕在一起，黄皮子看着不大顺眼，大喊了一声：“造反不成！”吓得他们出溜一下跪在了硬土地上，大胆一点儿的说：“我们商量，不知道二驾杆的娘能不能让我们也叫一声，大伙儿都来做刀客，二驾杆活着和弟兄们好似一人，他的娘也就是我们的娘，今儿不知道明儿事，有娘疼也算今生大幸。”

黄皮子用喊山的嗓门大叫道：“谁想认娘就跪下！”

呼啦啦，跪倒一片。

这让上官芳有些措手不及，这场面她哪里经见过？

想了有一阵儿，上官芳才说：“我不懂佛理，可也有解佛之意。依我看，我做你们的娘，就应该让你们持守戒律，去恶之非，这样才能过上平稳的日子，绝不应该去强抢来完成个人的想望。可是，这世道黑暗，难分清浊啊，就是勤扒苦做，有碗饭吃的简单想法也让人行不通。现在，你们走了这一步，说明天不遂人意，既然天都没有仁爱了，人终得找个活路吧？迟早是个走，走也走个饱人儿，就一条道走到黑吧，孩子们，我今儿在丙东坟前答应做你们的娘了！”

黄皮子叫道：“鸣枪！”

百十条枪朝天放响，山林中的鸟扑啦啦飞了起来。

刀客们高声齐喊：“娘！啊——啊——啊——”

那个“娘”缭绕了很远。

七

秋天的早晨总是阴沉沉的，所有的早晨都像要下雨。树叶还在堆积，一片两片地落下来。王书农坐在小马扎上，坐得不太稳当，风吹得他的手和脸有些干，摸上去沙沙响，是皴皮子在响。他的心开始一跳一跳，他招手叫过来一个丫鬟，想站起来，因为心慌怎么站都站不直，只好弓着腰把双手背在腰后，他要丫鬟叫两个家丁拿了枪过来，家丁领了他，丫鬟提了马扎往大门外走，他的腰慢慢挺了起来。整个王家圪洞静悄悄的，巷子窄窄，雨天留下的车辙和牲口的蹄印把路面切成了条条和窝窝，窝窝里积满了碎草和小石头蛋儿。一路都有树叶贴着地走，王书农磕磕绊绊提了心走到巷子口，看到王家圪洞的门脑顶上，有家丁坐着打瞌睡。他从丫鬟手里夺过马扎来狠狠地甩了过去，他骂道："我日，等刀客来了把你的脑袋剁了，就不打瞌睡了。"家丁一激灵站了起来看远处，沁河水面上有船划来，悠悠地划过了下里，有风吹过打不起浪。

自从上一次接了刘三的信，王书农心里就一直不是个事了。怎么能是个事呢？这世上什么最怕，俗话说：好人怕赖人，赖人怕二棱登人，二棱登人怕不要命的人。王丙东看来是不想要命了。王书农也害怕死。打那次走后，他就开始要李栓给他往家里买枪，雇家丁。他不是存心想和王家的人斗，按道理他也是王家的人。记得母亲当时领他来到王家，看到大户人家的排场，他和母亲的眼都很热。可继父不喜欢他，动不动就抬手打他。有一次家里的炕洞里跑出了蛇，继父要他上前抓，他不敢，继父说："抓！"他上前闭了眼睛抓住了那条蛇，蛇缠了他的胳臂，他的手臂由红变紫，他好害怕，松了手，蛇反口咬了他，那一次要不是娘，他差点儿送了命。他发誓要把王家的人灭掉。

可惜他这一辈子缺儿，生了一个闺女，也被青乡里害疯了。现如今，招了李姓家族的李栓上门，可惜又生的是一个闺女，他盼孙儿啊，他要光耀“常门”祖宗。他这样想着就往前走了一截，走到了青乡里的石台阶下。

青乡里的黄杨木大门上，上了铁葫芦锁，他迟疑着不知道该上去还是不该上去，也是正犹豫间，有一个家丁说话了：“听说，刘三把安绪家里的和他二儿丙南接走了。说是丙东遭了黑枪，这青乡里眼看着就一个一个完了。”

王书农眼睛一亮，扭转头看着家丁说：“你这话可是真的？”

家丁说：“听船老大说的，说是一天早上，安绪家里的和他二儿坐了船在五里外要刘三接应，要不是她怎么要刘三接应？”

王书农一下来了兴致，要丫鬟回去再取一个马扎来，他要上去坐坐，青乡里的高台上面，原来是有看河楼的，不知道什么时候塌了，小时候在看河楼上看沁河发大水，后生们驾了船捞大水冲下来的衣物，实在是好看，后来看不上了，因为，青乡里不属于自己的了，现在看来自己的想法就要实现了，他想上去，不是一般的想，很急迫。

气喘吁吁走上去，丫鬟给他把马扎放到屁股下，王书农摸了摸又摇了摇看看稳当不，定神坐下来，拄了棍看着远处，发现眼睛看得远处更清楚。他说：“你去给我打听一下，看是不是丙东已死，要是真的，那小婢子就该回她娘家了，我要在看河楼上搭台唱戏。”

王书农的想法大，他把闺女嫁给李栓，是要和李族大结亲，他把牛送给张亮也是想贿赂张姓，现在张亮的下嘴唇没有了，张姓人记仇就记在了青乡里，明里没有说什么，暗里是较了劲，这样好，真好。

家丁出了王家圪洞，下了古渡口，就看到安绪家的回来了。抽头上岸往三槐里跑，他要告诉王书农上官芳回来了。

王书农听了家丁禀报，提了心站起来看了看古渡口上有人下船，下船的是一个人，一个女人。王书农还是不放心，要家丁告诉门头上的人加强戒备。下了石台阶，由于心慌，一脚踩住了一个小石头蛋子，嘴里叫了声：“我日。”倒了下去。摆手要家丁抬了他往三槐里走，刚进大门，听得有小脚嚓嚓声走过，王书农想她那个儿怎么不见了，他咒她那个儿也死掉。听不见再有动静，才想起腿，用手一摸，肿了。老婆大叫道：“你这是怎么了啊？”他一把捂住了她的嘴。

上官芳等三七纸烧完才回了下里村。有人问她这几天去哪里了，她说回娘家看家兄了。有人问她，丙东去哪里了？她说到城里做事去了。有人问她，丙南去哪里了？她说和他哥哥搭伴在城里。她一一应对，谁也不知道她心里疼得在滴血。天一黑，她提了小脚走过王家圪洞，她才看到门洞上有家丁，她不怕，拄了棍照路摸索着往前走。进了刘三的家，看到刘三老婆抱了一岁的女儿在炕上喂奶，只一刹那，她就不想告诉刘三老婆了。她把大驾杆黄皮子给的钱放到炕上，说：“好生照顾闺女，刘三捎回来的，要计划着用。租地刘三已经买断了，你好生找人来种进去，以后，刘三有个三长两短你就指望地来活命了。”刘三老婆低着头，想刘三走时说过的话，突然听到自己买了地，抬了头咧了嘴看着上官芳问：“刘三找了小了？我也就生孩子不几天，他就要讨小，给我买了地，也算有良心。”上官芳的心，一下感觉有针挑了肉一样，急急告辞出来。

过三槐里看到春香靠了门笑，手里拿着她曾经用过的那块手帕，她想走近再送她一块手帕，她往前走的时候，有人一把拽回了春香。她看门旁有两个拿了枪的家丁守着，她的后脊梁紧抽了两下，装了看不见拐上了青乡里。

台阶上歇了口气，看着远处古渡口来往的船只，迷蒙的天光下，她觉得有些记忆是无法从生命中抽去的，从小女儿时代的怕走夜路，怕听鬼故事，怕独自陷入绝境，到现在把自己放逐到了一个令人绝望的苍凉之境，到底是为什么啊？河风依然像若干年前一样徐徐，一样依依，一样凉凉，但吹到脸上，她倒怀疑自己是否活过以前了。为什么守着这样一条欢快的河，却过着最痛苦、最受欺凌的日子？

上官芳决定不亏待自己短暂的生命，生命的这一头是望不到那一头的，她觉得报仇和活命都一样神圣。

上官芳坐了小船离开了下里，小船戳破暗夜的沉寂，飞卷的河水卷起了她的仇恨，她复仇的心火是冲天的。

生活的巨变，让上官芳不知道该怎样处理和应对这种刀客生涯。她想到的是要小儿丙南加入刀客。

她和黄皮子商量“孤装”要举行的仪式，要丙南来做，练练胆量。黄皮子说：“兄弟长得人高马大，练不练吧，有兄弟丙东做榜样，想他也是一条汉子。”

黄皮子叫了“炮头”“粮台”“水香（管站岗和放哨的）”和“翻垛的（刀客中的军师）”。他要“炮头”拿根草棒儿点燃栽在墙头上，离百步远黄皮子放了一枪，草棒上的亮没了，还有一小截黑在。黄皮子拿给丙南看，他说：“不怕的兄弟，哥不会吓着你。”丙南有些哆嗦。黄皮子进了屋取了一炷香过来，他把香点燃栽到丙南的脑袋上，百步远他放了一枪，丙南吓得尖叫了一声，人也就软了下来。人一软不说，上官芳看到他头上的香头不是像草棒儿上的亮飞到远处，它是掉了下来。她让“炮头”过去看看。黄皮子说：“我去看看。”三步并作两步走过去摸了一下丙南的裤裆，是湿的。黄皮子犹豫了一下，却故作镇静地高声喊道：“顶硬！”大家听到了高兴得喊叫起来，八碗十盘就端了上来。

上官芳的心事有点儿重了。她坐着一动不动，没有言说，没有任何举动，黄皮子走过来在她背后站下，把手放在她的头上，黄皮子说："娘，你是不是有心事，心里是不是想了仇人，我明天就带了人下山去灭了他，替娘出气。"

上官芳摇了摇头说："娘的仇只能娘来报，娘的仇人是娘这一生的心病，要亲自手刃他。"

黄皮子说："娘，你是不是也想打香头了？"

上官芳说："不是娘想打香头，你把那支香做了手脚，你摸着他的裤子是湿的，我养的儿我知道，他和他爹一样，也是他爹抽鸦片最凶的时候生下他的，他弱，胆小。有些事情真让我不省心啊。"

上官芳决定自练枪法。黄皮子给她从乡下驮来十几马背萝卜，秋天的萝卜水大，黄皮子说："娘，给你定个任务，你就用萝卜来当靶眼吧！你打中的萝卜，晚上就是我们的菜。"

枪在上官芳手中举起来，一枪放过去，手臂晃了一下，"瓢子"飞到了天上，萝卜还是萝卜。上官芳说："真是十年学得一个举子，十年难学得一个江湖。我要打不中萝卜，你们晚上就没有菜吃了，娘得好好练。"

这是匪风炽盛的年代，山头上的刀客们不时在发生一些变化，常常是夜里走时好模好样，黎明回来，生命的活蹦乱跳就隐在了世界的另一头。上官芳穿着从山下抢夺来的鲜亮的裙袍，走过来，她的身影在众刀客群中显得高大，她俯下身亲吻他们的脸，看到他们用力地呼出最后一口气，然后所有痛苦紧张的表情都趋于舒展和平缓了，她把他们送到山坡上。她的伤痛，深如黑洞一般孤独无助，她的仇恨在一点点加深。山坡上的土堆逐渐多起来，她想：山坡上的奇迹是许多梦的破灭，许多梦在黑夜开出了花，到黎明就凋零了，她因花的凋零而颤抖，而大喊大叫，她的喊叫撕裂了整个山包。

上官芳的萝卜从秋天打到春天，练得百步、千步之外瞄准萝卜的缨子也能打飞，不仅如此，树上的叶子打过去一准儿一个洞。上官芳想：我的这个名字已经是从前了，叫什么好呢？命运无常，就叫“无常”吧！她叫过儿子黄皮子来，她说：“你不是早就想叫我的牌吗？现在可以了，以后出去叫牌就叫‘无常’，娘也跟着去，你给娘做一个抬斗，娘要看那些个富户怎么把我的儿们打睡。娘要那些个富户听了我的叫牌就打抖。”

黄皮子说：“娘，那你就做总驾杆吧。”

她说：“既然叫了牌子，那就按你的意思来。”她把刀客叫到一起训话。她说：“孩子们，以前我只会拿针拿线，现在叫拿刀拿枪，没办法呀，这是人家逼的，要从头学，跟你们学，大家抬举我当总驾杆，推不掉就一块儿干吧。不过我有几句话要说在前头：第一，眼前咱要抢富户、拉肥票，购买枪支、子弹，招兵买马，扩大势力。第二，拉票不伤人，女票不能欺凌，快结婚、还没有出嫁的“快票”，谁也不准近身。第三，只拉成人不拉小孩儿，外出弟兄如有出事的无论如何要抬回来。第四，江湖有理，朝廷有法，三刀六眼，自绑自杀。帮规积威，日久成形。孩子们，好生记清，不要怪娘的‘瓢子’不长眼睛。”

八

冬日午后，上官芳从山下掳来一个“快票”。“快票”是离山上有七十里地的马家营老财马保的女儿马小红。马保因为吝啬，家里富得流油却不想借给穷人一个子儿，又因为马保的势力大，远近的刀客没有一个敢动，虎嘴里拔牙上官芳不信这个邪。

当时马小红正和娘生气，娘要她穿那件水红褂子，她不，她要穿那件杏黄镶嵌绲边绣梅花小袄。娘偏是不让穿，说还没有过门就不听娘的话了，还了得了你。马小红一扭身出了门。娘说：“你出去吧，叫刀客抢了你。”

外面下着雪花，她用脚踢着下个不停的雪，雪在她蒜瓣瓣脚尖尖上响彻着一种声音，她走得急，不是往前走，是来来回回转悠，坠着霜雪的刘海衬出了她那张秀丽的脸。雪真是下得太大了，悄无声息的雪地上就走过来一顶红轿子，轿子里的女人撩起了小窗问话：“知道马保家怎么走？”马小红说：“我就是马保的闺女，我给你领路，不远，那座房。”

她掉转头指给她看，就这么掉转了头，她就被捂了嘴蒙了眼装进了轿子，抬轿子的轿夫跺跺脚，抖落身上的雪花一溜小跑走了。断后的黄皮子要插千（土匪中负责警戒侦察的人），贴了一张纸在马保的门上，上面写着叫牌人“沁河无常”。

“快票”抬到山上已是傍晚，有人引她走进一座土房子，解开了她的蒙眼布。她看到轿子里的那个面善的女人，她不知道这是什么地方，吓得哭起来。上官芳说：“不要哭，你的家人说不定夜里就来赎你了，我们也就是想拿俩零钱花，对你们家人来说也就是破财消灾，你们家的银钱堆得成金山银山了，我们只要很小一份，是很小的意思嘛。”

刀客们走进走出看到这个马保的女儿真水。也就是多看了几眼，有帮规谁敢下手！问题就出在王丙南看见了。十七岁的他记载了小男人成长的渴望，像一棵挺拔的树，到春天了就一定要长叶子，纵然有飓风吹来，也吹不落他的嫩头儿。于是乎这样的夜晚就不平静了，就不安逸了。山上风大天寒，云彩被吹得走远了露出月光来，王丙南看着月光心里不觉得冷，反倒像生了一个小火炉。他实在是想采撷那朵夜色深处的花。他和人要了鸦片抽，背了他娘抽，他知道娘要知道了是要掴他嘴巴的。一抽再抽，胆气渐生。他知道那个女票就和娘住在一块儿，她在里间，娘守在外间。要想进去，不能从门进，一拨门就会有响动，一有响动娘就听见了，那还了得？！要想进去，得从里间那扇窗户进，窗户是活的，夜静的时候风大，风有时候会吹哨子，只要轻轻摘下它，跳进去拿刀子架在她的脖子上，就办了事情了。

上官芳等赎票，等不来。山下捎了话来说，一下筹不够那么多大洋，要明天来，也要闺女守个洁身。婆家说得更绝，如果不能落个干净身子，宁愿让撕票。上官芳和来人说，有我看守谁敢来偷花！要来人告诉马保放心筹银子。

夜已经很静了，天空中，一点点地聚集到一起的星星伏向窗棂。在这不平静的夜里，王丙南听到了自己心的跳动。窗户里的人因为害怕一直就没有闭眼，她听到有气喘声飘过来，在窗户下闭了很久，开始拨弄窗框。因为有风吹过，有哨响，一切就淹没了人为的拨弄声音。马小红不敢叫，小心下了炕走到外间，推醒了上官芳，上官芳揉了揉眼睛坐起来，以为是闺女不敢一个人睡，挪出地方来要她躺下。马小红拿起上官芳的手指了指窗户，上官芳从枕头下摸出了枪光着脚走到里间，就看到冷风从空洞洞的窗口吹进来，一个黑影轻轻跳上了窗台，上官芳手起枪落，“嘣”一声那个黑影倒头掉了出去，听得马小红尖叫了一声，山上的刀客就乱了起来。

黄皮子第一个跑到了上官芳的门口，隔了门扇问：“娘，谁吃了‘瓤子’？”

上官芳说：“点了亮子看看里间的外窗下，娘就不开门了。”

黄皮子叫人点了亮子来，看到窗户下趴着一个人，后脑门上有个洞，流出了白色的脑浆，用脚踢反过来，立马吓得叫出了声："我的娘啊，是丙南弟啊！"

上官芳从炕上跳下来，小步跑到窗前，用手抓了胸口，等吊起来的心下了半截，才从里间探出了头望着窗下，有一会儿说了话：

"定了规矩都是一样的，抬了去，给娘上了窗户，风大。"

上官芳一夜无眠，马小红一夜无眠。

这是上官芳练习枪法以来对着人发出去的第一粒"瓤子"。

这一夜两个女人坐在炕上拉着手，互相抓得都很紧，长长的指甲似要嵌进肉里，风敲着门扇，马小红看到上官芳那两只细长的眼睛里透着亮。那亮儿慢慢变红，吓得马小红把脸埋下来闭上眼睛。天光透亮时，上官芳说："他是我亲生儿子，年头年尾我丢了两个儿。"

马小红"哇"地哭出了声。上官芳说："我想了一夜，都是我不好，我要不把你抬到山上来，也就不会失去我的儿，我的儿要不对你产生念想，也就不会吃他娘的'瓤子'，他的娘要是不被人逼，就不会上这山上来，逼他娘的人是祸头的根源，我要不灭了他，我下辈子不做人。"

门外山风呼呼，马小红看到上官芳一夜间长出了白发。

早上山下的来赎人，马小红骑在驴背上蒙了眼睛，赶驴的叫了声："嘚。"马小红却挣扎着要往下跳，赶驴的叫了声："吁——"从驴背上扶下了她。她摸着走到上官芳面前跪下磕了三个头，扭转身上了驴背，赶驴人叫了声："走。"小黑驴撒开四蹄欢欢下了山。

身后传来上官芳的话："闺女，不是我心黑，这也是一个行当，你好生去吧。"

这一年冬天，刀客大都下山猫冬，上官芳也打点了行装，想回下里一趟。回下里有两件事情要办，一件是给刘三家里送一些吃喝，二是想当插干，探一探三槐里的情况。

沁河水冻得有些不大实，她坐在轿里沿着沁河岸走，沁河岸两边的树上光秃秃的，不如山上的树白花花的霜裹在上面好看。太阳就要落山了，西天上有三两絮晚霞镶了黑边挂着。轿抬到沁河岸边的一座小桥上，忽听得有人喊了一声："站住，带私货没有？"上官芳明白自己是遇上响马贼了。她示意轿夫停下来不要吭声。在轿子里问："冰天雪地的，想来你们也是穷苦人，那就赏你们几个过年吧？"轿子窗户上的布帘子掀了起来，一只手伸出来，"噗噗噗"掉下几块大洋。

响马贼跑过来捡起，相互看了一眼，这一眼是有内容的：你能"噗噗"扔下来白花花的三三两两，你的口袋里一定还多。听得其中一个人说："要丢就丢给够，要不就留下命来！"上官芳闭上了眼睛想：人心不足啊！也就在其中一个要掀开轿帘的时候，上官芳说：“走开吧！”那人他不走，上官芳发现那人的下嘴唇露着牙床就不走开。上官芳说：“你是张亮吧，我已经认出了你。”嘴唇露着牙床的张亮就越发地不能走开了。立时从怀中掏出了一把菜刀，对着轿中的人砍过去，两个轿夫喊了声：“找死！”也就在两个轿夫出手时，轿中的枪响了，张亮倒在了地上，另一个吓得就跑。张亮想到自己是死了，好一会儿，睁开眼睛看，周围漆黑一片，摸了自己的下嘴唇，凉飕飕地兜着几个大洋，张亮吓坏了，想自己遭遇了一场梦，不知道是真梦还是假梦，不知道自己是真死还是假死，嘴里含着的是真钱还是鬼钱。

上官芳留了他一条命。

抬着轿子从吊桥上过了河，上了古渡口，听得有锣敲响，有狗叫，她看到人影晃动，不明白出了什么事情，她要轿夫抬了往刘三家走，其中一个说：“娘，过不去了，有拿枪的活动，莫不是‘窑变（出事）’了？”上官芳说：“想是那个溜掉的小子告发了，这样说来怕是两件事一件也办不了了。”她要他们停留在暗处，自己过去想回青乡里看看。王家圪洞上架了炮台，从暗处出来两个人走上前拦住说：“这是王家圪洞，要王老爷说话才能进。”上官芳说：“我找的不是三槐里，是要找青乡里，想进青乡里打问个事。”黑暗中的人说：“青乡里的人全死完了，要找人就去鬼府找吧！”

上官芳心里的火一下蹿了起来，想从袖管里扣动扳机，还是忍住了，要轿夫抬了往豆庄走，她说：“我的宅，我回不去，这叫什么世道？我一定要回来报仇！”

九

上官芳决定报仇。

这个仇难报，是自己那三寸金莲作怪，走，走不稳，跑，跑不快。她要孩子们协助她来报仇。

王家圪洞里火把冲天，黄皮子从三槐里出来迎接抬斗上的上官芳，上官芳说：“王书农那老贼抓住了？”

黄皮子说：“抓住了，全家大小二十六口都被我们圈住了。”

上官芳说：“这是我与他的恩怨，你们就不要插手了，扶我下去。”下了抬斗，走进三槐里，火把围着的上屋中堂，一圈人中上官芳首先看到了王书农。她看到他老了，原来还有几根断丝样的头发飞起来，现在，竟然秃头秃脑了。“把他们放了，没有他们的事情。”上官芳指着用人们说。

此时屋子里只剩下了三槐里的住户，上官芳说：“现在就剩下咱们王家人了，是也罢不是也罢，真也罢假也罢，我就是不知道你也是吃了王家饭长大的人，怎么就不懂个里外？你说也罢不说也罢，现在我的枪不长眼睛，压根儿就不想饶你的老命。你不是一辈子都在想算我王家的财产吗？都给你了。你不是早就想住进青乡里的祖屋吗？现在也归你了，可惜王家的财产做了常家后人的坟墓，从此王家要绝了人烟了。”

上官芳举起了枪，也就是在这一刹那的时间里，春香用身体挡住了王书农。春香手里缠着一方手帕，丝质的手帕在火把下泛着亮影。上官芳看到春香的眼睛里滚下了两滴泪珠，有黄豆粒那么大，从她的腮帮上滚到前胸，落到了地上。上官芳听得春香笑着弯下了腰，春香倒在了血泊中。

那一块手帕飘落到了上官芳的脚下。

这一枪不是上官芳打的，是李栓打的。李栓站在春香身后，王书农从八仙桌下摸出来一把藏着的枪递给李栓，李栓发枪时没有想到春香会动，本来是想借了春香的肘窝发枪的，她这么一动一笑，枪横着发了。李栓的手在上官芳抬手落手间炸开了一朵血花。就听得屋外黄皮子喊道：“娘，要不要我帮手？”上官芳说：“娘不想杀他了，留他一条老命，要他给闺女送葬。”上官芳走近春香，把那块手帕盖到她的脸上，她看到她依旧笑容满面。

上官芳说：“人要是傻了就好了。”说完扭头上了抬斗，她的脸上有泪掉下来，一滴一滴被风刮落在了王家圪洞的地上。

1929年冬，土皇帝阎锡山在山西大搞扩军。“沁河无常”的人马已经扩充到一千多人，想报仇已经不是个问题了。这时，阎锡山感到了威胁，他派第十五军第三旅王辅旅长，到沁河诱“沁河无常”接受收抚。来人先把黄皮子说动，才征求上官芳的意见。她一开始表示不同意，对来游说的人说：“我拉杆是为了生存，不是想当官。再说，一个小脚女人，也不可能带兵当官，前无古人呀。”

来人说：“你不能用妇人的眼光来看，历来玩枪杆子，一部分是为了养家糊口，一部分以为英雄可以造时势，不思谋自己的后路也该思谋给孩子们创立一个正式前程嘛。做了官还怕没有生存的活路？可是刀客总不能当一辈子吧！况且你也得替他们年轻人想想，你不要前程，也不能耽搁他们一辈子呀。”上官芳说：“容我思量思量吧。”

上官芳和儿子黄皮子商量，黄皮子说：“收编后有军饷，不怕围剿，人不能老当刀客。”

上官芳想了一会儿说：“是啊，娘要不是被逼，娘怎么能想到要当刀客。游侠非终身之事，梁山岂久居之地；一经招安，不仅出人头地，亦可耀祖荣家。只是娘怕是个套子。”

黄皮子说：“行武人讲的就是一个‘义’字，想他不敢把事做绝。只是娘的大仇没报，孩儿今夜就领弟兄下山灭了他。”

上官芳摇了摇头说："只怕我是妇人之见。仇是迟早要报的，现眼下最紧要的是你们的落脚，愿走的走，不愿走的留下来。如今天下大乱，谋个出路，等将来太平了各回故土落脚，享受天伦之乐想来真是个好事。我看你去意已定，娘就不多说什么了，娘得给他们一个条件。"

上官芳提出的条件是：第一，按实有人数改编；第二，原班人马不能遣散；第三，收编后，所有军官都由她亲自指派。

王辅回去禀报之后很快达成条件。1930年初春，"沁河无常"上官芳坐在抬斗上，带着一千多人马，浩浩荡荡开到潞安城，按实有人数编了一个团，上官芳指派黄皮子当团长。她亲自将人马、枪支点验交给阎锡山部队。黄皮子要她留下来，到潞安城找一处住下，不要再回沁河，一生的伤就此封口，也该由孩子们养老了。她说："不。我还没有报仇。山上还留有人马，娘的心愿未了，一旦了了心愿，娘想回沁河岸上的下里种几亩地收养几个孩子养老。到时候天下太平，你也立了战功就来下里找娘，娘给你看儿子，守着一条河不怕日子不富裕。"黄皮子抹了眼泪，弯下腰要上官芳踩了他的背上马，上官芳敲了一下马屁股，单枪匹马回了沁河。

打马前行。

未来美好的渴望和复仇的激情，一波一波击打着她的心灵。从出嫁到现在，从一个人嫁到王家到一个人走出王家，中间有一段过程，这一段过程布满了血腥。她渴望的生命无限延续、爱情无限和谐、欢乐无限充溢，被阴冷的不时登门的死神切割丢了，没有爱，没有生活，没有自由，没有幸福，没有福气。外部的无限压抑创造着内心的无限积累，从一个小姑娘到一个小妇人，到一个含辛茹苦的娘，再到一个刀客，生命的形式就像一条河，在等待一场雨或一场雪，一场壮观骇人的爆发。

这时候，黄皮子正被押解着往一个乱山岗上走。他的嘴被狗皮膏药糊死了，说不出话来。准备枪决时，给他撕开一条小缝，他用尽力气喊道：

“都是行武人，怎么就不讲个‘义’？我当初怎么不听我娘的话？我日你们的妈，日你们的爸，我日死你们全家！”

一枪过去，黄皮子的脑袋开了花。

天道无情，人心无常，无纲无常，小鬼索命。

打马前行。

上官芳的眼睛一直没有离开沁河，她生命的河。沁河有一条小船划过，后边拖着长长的水纹。如果不发大水，这条河是美丽的，美丽得让人心颤。河水缓缓，她长舒一口气，也就在这长舒一口气的空隙，枪声在她马前一百米处放响。

山中四下有人喊道："沁河无常，你被截断了退路！把枪交出来吧，要不打你一个马蜂窝！"

上官芳知道，自己是死路一条。在马上把两支三八盖子往地上一扔，跳下马来说："现身吧！"

"沁河无常"被擒！

这是沁河西岸一处枪决人的去处，因为怕扩散消息引起骚乱，枪杀时两岸的村庄静悄悄的。

正午的天空没有一丝云彩。上官芳看着天空，想这山这水，山水要少了人家少了人，倒更见秀丽了，有了人就有了污浊气，有了仇恨，心上就长出了毒芽儿。她看到有一只黑乌鸦从远处飞来，如黑色火焰升起，紧接着有数百只上千只，如大团的乌云在沁河上空聚集、翻腾。正午的天空迅速暗下来，鸟粪如天空掉下的雨粒。"啊，啊，啊"嘶哑的叫声响彻山谷，所有的人从屋子里走出来用手遮挡着粪便的袭击，看它们振动双翅飞翔，却不明白是怎么回事。

上官芳抬起头望着，黑色的奔放，黑色的狂欢。听得"啪"一声枪响，撕裂了灰暗的天幕，上官芳看到尖硬的石头在柔软的水中泛着红光，红是红日一般的亮丽和刺激。她在倒下去的时候想着春事已浓了，想起一双绕膝的小儿，她教他们念两句小时候爹爹教过的古诗：

乌鸦月昏必绕树，

游子日久定思归。

霎时天空晴朗，乌鸦散尽时，上官芳的头发上沾着几根乌鸦的羽毛，风吹过，羽毛扬起来落入河水中，河水浪涌波飞，羽毛于无羁绊中自由张弛，悠悠远去。

十

若干年后，王家圪洞三槐里的中堂后供奉着一个小牌位，上写着：“供奉混钱十八尊弟子沁河无常之灵位”。牌位下的一个小几上放着一杆用红布包着的树疙瘩——毛瑟枪。

这时候的王书农已经八十岁了，他没有儿子，李栓给他抱养了一个孙子。孙子不是常家的血脉，也不是王家的血脉，在王家圪洞落生，孙子的后人就是王家的后人了。这天，王书农拄了杖拿了马扎坐在青乡里看河楼旧址，看河。河水不旺，和人一样流着流着就断了。孙子趴在他的膝盖上问：“爷爷，中堂后敬了什么神？”

王书农说：“胡子神。”

孙子说：“什么叫胡子神？”

王书农说：“打家劫舍的贼。”

孙子说："说是贼，怎么又叫十八尊？"

王书农看着沁河水说："十八尊是十八罗汉中的达摩多罗，也就是布袋和尚。传说啊，他小的时候家穷，他娘说，出去谋生吧，看你能学会什么道理。他走了一年回来了。他和娘说，天下不公平。娘说，何以见得？他说，富人太富，穷人太穷，富人宁愿吃喝嫖赌了也不愿意接济穷人。娘说，你想怎么办？他说，世上什么行业都有了，就缺一个杀富济贫的行业！娘说，你要去打家劫舍，人家不就认出是我的儿子了？他说，我戴上面具，面具上插些毛，就认不出是娘的儿了。于是他化装成长了满脸胡子的样子就去杀富济贫了。因为他脸上尽是胡子，有人见了就喊，胡子来了。"

孙子说："为什么敬他？"

王书农说："因为她是咱王家的人，她是被人逼着去当胡子的。"

孙子说："谁逼她了，爷爷？"

王书农擦了擦昏花老眼，说："不问了，不要打破砂锅问到底，记住了，她是咱王家的人，应该像王家的先人一样接受后人的香火。"

孙子指着远处说："那里有个山叫胡子山。"

王书农看着远处，他的眼睛看得越来越远了。看着，看着，有泪流下来，泪水把眼睛洗得越发亮了，他看到远处的山顶上什么也没有，满长了一些杂树。

荣　荣

一

事情发生得很突然。在街边，弟弟和他约的人说了几句话，然后掏出一柄锋利的水果刀，无声无息地插进了那人的小腹。被捅的人进了医院，弟弟则被呼啸而来的警车无情带走。

当晚，荣荣家里乱了套。荣荣想，要说，豆蔻年华为爱的权利抗争，本来是再“个我”不过的事情，可是，再怎么，也不该用刀捅人家的，伤的是别人，伤心的却是自家的亲人。

面对发生的事情，荣荣和妈妈相对无言，热茶到凉。家用困顿，又高踞在左邻右舍的议论声中，妈妈想求荣荣去借钱，和人家私了。

妈妈眼泪落下来时，荣荣的心软了。妈妈七十岁了，一口牙已经掉光。当年的妈妈也是一个敢杀鸡翻肠子的人，如今面对弟弟的事，可真是寸亩田地都没有的无奈。

荣荣也落了泪：“妈，我能去问谁借钱呢？”

荣荣是残疾人，刚做了提升脊柱的手术，借了亲戚朋友还有单位的钱，还没有还清，单位财务上也已经不可能再借出钱。

妈妈擦擦眼角，把脸转到了别处：“荣荣，你去求李区长。只有你求得动李区长呢。”

荣荣在接收了妈妈目送过来的乞求时，知道一娘所生——妈妈的晚生子弟弟，是妈妈的心头肉。

沉默了许久，荣荣点了点头，答应了妈妈。

打完电话，荣荣的心一下子空落落的。她真希望李进步拒绝，婉转地没有条理地拒绝，这对荣荣也许是一个心理安慰。但是，没有。

二

这是城市一角，很隐秘的地方。荣荣坐在一块石头上等李区长。横对着的是一个小广场，匆促来往的车辆和扬起的灰尘，都驱向那里。彩旗飘扬，区里有一个活动，是开会的另一种形式。原本空空的广场，因为聚集了许多机关里参加活动的人，中间有一个平台凸起来，像一个小舞台似的，李进步一会儿就要站在那上面讲话。有一次荣荣和李进步聊天说到开会的事，李进步凝视着近处某个物件，接着又不经意地看了一下荣荣说："没办法，你不开会，别人就不知道你在做什么，长期已经形成了这么一个习惯，每天的会务已经成为我工作的重点。不过，不开会又没有办法布置工作，下边也已经形成了习惯。"

多么不容易的区长。

荣荣等开会结束。

远远的有一些树，是杨树。秋天过后，树上的叶子开始落了，发旧的叶子看上去像经了日月的沉重的绿绒布。车开过去，叶子追风似的跑起来，车又开过，叶子又追风似的跑起来。每个人都像这追逐车轮的叶子，不由自主地去寻找繁乱和模糊的未来。

荣荣没有意识到李进步的车已经停在了她的左前方。

一件蓝色风衣，裤子的裤线笔直，一双黑色皮鞋，有一层细微的浮灰挂在上面。荣荣抬头的瞬间，看到李进步脸上的胡子也刮得很干净。他盯着荣荣走过来，眼睛很亮。

荣荣有些紧张："李区长，我拉高的脊椎让我高出了十厘米，我现在已经一米五一了。"

李进步把一个手提袋递给荣荣。荣荣接过来说："我欠您太多了。"

“这叫啥话，我不就是有这么一把交椅供着嘛。说感谢的话是你荣荣干净的心里装不下我。”

只停顿了一下，很快李进步就掉转身子走向了车前，司机快速地拉开了车门。

荣荣说：“大夫说了，我的手、脚和腿的长度该是一米六八的个头儿。”

李进步的话传过来：“大夫还说什么了？”

荣荣说：“我的骨质疏松，缺钙，不然可以提高到一米六〇。”

李进步在侧身进去车门的时候冲着荣荣咧开嘴笑了笑：“荣荣，你不可太看重你的外表。”

坐进车里，关上车门，李进步突然摇下玻璃，说：“荣荣，是你给了我内心健康。”

说罢，汽车绝尘而去。

荣荣感觉到了一种温暖而呛人的气息。泪水无声无息地流下来。那泪水中包含着一个很浅显的内容：我是女人，容貌决定我的幸福。

天色交替的傍晚，如果没有风来，一切都会静止，什么变化也不会发生。只是有风，风的覆盖之下，天暗下来，回到无色之中。

荣荣一直把黑色看作是无色。

马始终走在黄尘飞扬的土道上，树木始终守在四季交替的枯荣中，女人始终期盼着男人和携带着的爱情浸濡到来，炊烟始终做着变化为云的梦想，荣荣，空有静止的安宁和长距离的安慰，欲望热烈而持久，但，上帝告诉她，她是残疾人。生活更多的时候接近风俗画，荣荣在俗世中，无色是俗世中的所有染色，虽然荣荣很不喜欢。

走在大街上，黄昏的暗有些平静，她怀揣着李进步给她的两万五千块，粉红色的梦想毕竟离她饥肠辘辘的生命最近，离她对生活的热爱最近，让她温暖和喜欢。她走得有些艰难，正在恢复期的脊椎让她丝毫不敢做出弯腰的姿态。

三

深夜，万籁俱寂，荣荣毫无睡意。辗转反侧了半宿，心，依旧是乱的，似空似满，似醒似迷。到五点多钟，窗外光亮渐起，荣荣突然萌起一丝担忧，如果一夜白头，那岂不是会贻笑他人？想到这里，她忙坐起来，朝着卫生间跑去，她看到镜子里她依旧是一头黑发。虚惊一场，全是自己吓的。

妈妈喊道：“荣，你怎么早起了？”

荣荣说：“妈，我睡不着。”

妈妈嘟囔着：“我也是一宿不合眼啊！家门不幸，出了逆子，妈要年轻十岁就好了。妈老了，不中用了。”声音有些哽咽。

年轻时的妈妈多么能干啊，用父亲有限的工资养育了荣荣姊妹三个。虽然后来的日子过得不如别人那样富足，毕竟让姐姐成家了，还让荣荣读了大学，弟弟读了初中。只是弟弟不争气，迷恋网络不再上学。

对于弟弟，荣荣不想和妈多说什么。妈妈一定很痛。一个健康的人，一个高大白净的小伙子，荣荣常常从弟弟的身高中想象自己。早晨的失眠是如此的清醒，荣荣用洗面奶洗脸，双手很轻柔地在脸上滑行。她听到妈妈的叹息，叹息中的一张憔悴的脸，在碾落成泥的晨曦中滋生了荣荣对弟弟的怨恨。

荣荣说："妈，咱们家的房产证呢？你帮我找出来。"

妈妈找出房产证放到茶几上，心不在焉地一个人呆坐下来。

荣荣拿起房产证翻开看。

妈妈说："你拿房产证做啥呢？"

荣荣说："我想把房产证给了人家，叫人家押住。"

妈妈想说儿子的事，逮着这个空当了，这房产证儿子原来是说好了要抵押银行贷款做生意的，等儿子回来咋说呢？身子却僵在那里。

荣荣说："妈，你想说什么就说吧。"

妈妈说："这房产证，你弟弟回来怎么好说？"

荣荣说："妈，这房子虽然是用爸爸的名义集资的，钱是我出的。现眼下拿了李区长两万五，人家也是人，我不能让人家当我是残疾逮着正常耍赖皮。弟弟真要拿了房产证去抵押什么，怕的是到最后房产证没有了，这房子都不让你住踏实。"

妈妈说："只是闺女，妈想再求你一件事。"

妈妈嗫嚅着小心不敢出气的样子："李区长要是拿了咱的房产证啊，要不你再求他给你弟弟安排个工作，没有工作拴不住你弟弟，你弟弟心野，想大钱，大钱不想他。要是有份固定的收入，你弟弟会泡在网吧不回家到处惹事？"

荣荣看着妈妈，一夜无眠，眼睛很酸痛，泪水不经意间溢满了瞳孔，妈妈突然意识到了荣荣眼神里的内容，抬起手打了自己的脸一下："闺女，妈不该想，也不该说！"

窗户外面的天大亮了。荣荣闭上眼睛，有一段话在她的眼睑上显现出来：

我知道世界上有比我艰难的人，包括荣荣，但我所指的，并不是单纯意义上的艰难，而是一种简单的对待整个生活的态度。艰难是什么啊，是跟灵魂紧密相关的复杂的东西，生活在单纯意义上的艰难，不难，难的是在漫长的生活道路上能够平静地接受命运和忍受诸多日子的无奈，荣荣，你的坚强，对我的一生是温暖又深远的。

这是李进步送给她的手机开机显示屏上的一段话。

天色亮得有些茫然，一阵风吹来，地上有落叶，风搅着落叶，远处的街道在风中模糊成一片。有车辆滑行过去，荣荣的心情随着车辆摇摇摆摆，起伏不定。

四

五年前的早晨，和现在的季节不一样，天光比这亮得早，因为是夏天的早晨。那个夏天，是荣荣毕业第五个年头的夏天，也是荣荣命运实现转变的一年，更是农大毕业、学审计专业的荣荣摆地摊第五个年头的夏天。同期毕业的同学都已经分配了工作，后来毕业的也都分配工作了，无论是考上的还是自费生，荣荣调查了一下，一个不剩都分配工作了。独她没有。荣荣有些不甘心，因为无法回避，所以也不能视而不见，除了不是自己愿意摔出来的残疾，她一切都很健康。总得生活，没有更多的本钱，她只能摆地摊。地摊摆在一座商场的门前，路是一条纵贯东西的大道。大道上填满了车辆，匆匆的车辆争相拥挤着，夺取有限的空间。红灯亮起来的时候，所有的车辆和行人都纠结在一起。不等绿灯亮起来，一堆焦急的眼神就开始像城市的另外一个目的地延伸。谁也挣脱不开道路上红绿灯的缠绊，但是，人家延伸的目光是为了一份安稳的工作。荣荣守候的目光是为了赚一口饭吃。八个年头，热粥般铺满街道的人流和车流一点儿也不让她激动。她和旁边一起摆地摊的乡下人变化着每天的变化，但是，乡下人不知道荣荣的心像热粥一样难熬。荣荣每天都能看到她的同学们上下班，高人一等，有身份的样子，形同路人已经不能形容他们之间的关系了。为了避免尴尬，荣荣会借助低头或注视什么地方避开相遇的一刻。荣荣心里是不服输的，想着工作如果像高考一样就好了。世上没有带路人，荣荣的挣扎，只能是自己和自己的挣扎。等了，找了，埋怨了，也都过去了。你找人家，不见得人家会因为你的现状改变人家自己的现状，人家有规矩，有规则。荣荣要生活，等不起，找不起，也埋怨不起。

这年夏天，参加公务员考试结束后的结果让荣荣很是欣喜。她考了第二名。这样的结果意味着改变命运的机遇到来了。

最后的面试结果，荣荣到底被淘汰了。

那天，荣荣肯定了自己的一切是因为形象问题，并肯定了形象问题才会有这样的结果之后，荣荣不知道是怎么走出门的。残弱的阳光在经过荣荣的头顶的高度阻断后，在荣荣的身后拉下了斜斜的影子。荣荣看到自己的影子像一个学生背着双肩包一样，那一刻荣荣肯定了自己在社会中的残疾。虽然她想不通。迎面扑来的声音变成了固体，极其尖锐地刺向她的脸、身体。荣荣的耳朵已经不是耳朵了，木如木头，那些固体的声音像钉子一样刺进来，荣荣把嘴唇咬得紧紧的来承受一切。半个小时的路程，荣荣走了三个小时。

人遇到难题的时候，需要缓冲，需要释压。荣荣像一条皮筋一样，缓冲着，判断着，不想让自己弹出去。弹出去，就意味着神经上要出毛病。可以否定身体的残疾，但是，决不能让人否定自己思想上的不健康。走到摊位前，替她看管摊位的乡下姐姐看了看荣荣的脸色，拖起自己的摊位，把合在一起的摊位拉开距离，短短几分钟，乡下姐姐想都没有想，走过来和荣荣说道："车到山前必有路。"

荣荣说："姐姐，你不懂。"

乡下姐姐说："我咋不懂？随道走，总能找口饭吃。"

这句话让荣荣有了一种胸闷的开阔，并不能让荣荣完全忘掉经历的一切。

荣荣坐在小马扎上，大口吃着乡下姐姐买给她的还在滴着油的香肠。木木地吃，木木地看街上行走的人群。乡下姐姐走过来说："荣荣，你真的没有事吧？"荣荣咬了一口香肠说："我有事还知道吃吗？"

有清理街道小摊小贩的城管远远走过来，乡下姐姐包起自己的摊位要荣荣快走开。荣荣依旧表情冷漠地吃着。城管说荣荣影响了市容，要罚款。荣荣吃完最后一口香肠，站起来步履缓慢地走到果皮箱前扔进去穿香肠的竹扦子，看着那些人说："你难道没有看见我是残疾人吗？"城管说："你的残疾不是今天看到的，我已经照顾过你了，但是，今天，因为区委书记要下来检查卫生，就算你是残疾人，你也该知道你在这里很碍事吧？"荣荣想，他妈的，这叫人话吗？我总得在这个城市寻口饭吃吧？我原本是一个对我自己有很高期望的人，可是，我努力在控制我八年来对这个城市的失望，我不想控制了。荣荣高声喊了一句："把我一起罚了去吧！"一屁股坐在马扎上不想再离开了。

城管无奈了。有许多看热闹的人走过来，麻木的生活多么希望有跳动的色彩。城管低下头，弯下腰："我把你往哪里罚啊？咱俩这样多别扭？你不走，人家查出毛病来是要罚我啊，我的糊口钱说起来还没有你多，你看看周围看热闹的人，眼睛都冒着绿光，那是冲我来的，我是爷们儿啊，咱进退都得有度，该退的时候，你帮我退一下，过了这一关，我睁眼闭眼都好说，可你不能认为你这样，就能把事情解决了。你别看我穿了这一身皮，挺横的，挺讨你嫌的，可我也长了一张苦瓜脸，咱都不容易啊大妹子，就算你帮我了。"说着蹲下去包好荣荣的摊位，用手扶荣荣站起来。也许是受了一种难言的情绪的袭击，荣荣居然由了他的一系列动作。

人都需要尊重，都有摆道理、讲不易的事儿，那个逃到远处仍然不时回头看的乡下姐姐正牵挂地望着这边，荣荣冲着远处笑了笑，很礼貌地和近处的“观众”说：“让条道儿。”荣荣走出人群，荣荣接过城管手里包起来的摊位，说：“对不起，帮你也是帮我自己。”

回到家，荣荣想不通，为什么自己要面对一座翻越不过的山和内心？离自己生活遥远的幸福在哪里？荣荣大喊了一声：“在哪里？！”妈妈从厨房里走出来，手里还拿着一棵剥出葱白的大葱，弟弟拿着电视的遥控器说：“神经什么呢你？”

是啊？神经什么呢！

荣荣决定记录下这一切。为什么？不知道。也许，该写一封信，信是心情郁闷的出口。

荣荣在信的抬头画了两个叉，算是写给未知的某某吧。“我是荣荣，大学毕业，目前是社会公民，残疾人。”这时候泪来了。伤痛的泪让肚子里的墨水跟起来很困难，停下不写了，一任自己流泪。只哭得鼻尖发暗，眼睛发肿。妈妈在旁边说：“哭不顶吃喝，想哭——就痛快地哭吧，哭哭也好啊荣。”荣荣知道妈妈要陪她哭了，用袖头擦了一下眼泪说：“妈，咱都别哭，随道走，总能找到吃喝。”

冷静下来的荣荣坐在沙发上，弟弟莫名其妙地换着电视频道。荣荣说：“你也算是我的弟弟？！”

弟弟一只手依旧换着频道，一只手抠着鼻孔里的鼻屎，斜眼看了一下荣荣，依旧换着不断重复的频道。

荣荣说：“你的耳朵是塑料做的？人家说，贫家出孝子，我一点儿感觉不到你的努力。”

弟弟重重地放下遥控器说：“有完没完！你赶快嫁人得了。”

荣荣说：“劳动才会产生价值，你不劳而获，寄养在这个家里，你也算读过书的人？”

弟弟啪地把遥控器放到茶几上：“自大的人都以为在这个世界可以做一番大事，你努力了，你做了什么？”

妈妈说：“荣清，不可以和姐姐这样说话。”

弟弟站起来走到自己的卧室门口：“她怎么可以这样看不起我！”

门重重地合上了。

荣荣突然决定要给区委书记写一封信，她要问他几个为什么。就算是自己一辈子摆地摊，也要叫那个姓王的书记有良心上的谴责。荣荣重新坐回桌前，把原来的信揉成团扔到一边，拿起笔在稿子上写下了：

“尊敬的王书记：您好！”

五

荣荣的残疾，不是自己造成的。不是自己造成的错误对荣荣来说是一种无奈的安慰，比如，荣荣就常常幻想，自己有可能长得亭亭玉立，像弟弟那样招很多女孩子喜欢。荣荣不是一个承受能力很强的人，但健康的另一面又让荣荣很清醒地知道自己发生的一切。荣荣出生后的一年多里，有一天，旁边没有人看她，刚学翻身的她从炕上掉了下来。大人都想着孩子身子轻，不会出毛病，孩子的哭喊只是受到了惊吓。耽搁了两年，荣荣窝着脖子不长上身，邻居打破了母亲的沉默，母亲才想到去看医生。医生说："这个孩子的身体出了问题，脊柱变形，肋骨变形，是大人不小心摔着孩子了。现在，没办法改变，因为，一切都在成长中。"没有人想到是那一次从炕上摔下来的结果。如此的身体问题，童年，包括少年和青春，荣荣都是生活在妈妈的赞语中。年少的荣荣长得像个落难的天使，一双眼睛似乎把星星都集中在了眼神中，吹弹可破的白净皮肤衬得唇边的汗毛都有点儿显黑。荣荣学习成绩一直很好，到考上大学，大学里的爱情小挫折都没有让荣荣消极。

大学里的爱情，不知道叫不叫爱情。那是大三那年，大学里的他，肖小东，唇红齿白，夏天时喜欢光脚趿一双人字拖鞋，怀揣一本米兰·昆德拉的《不能承受的生命之轻》，出没在教室和宿舍之间的小树林里。荣荣在小树林里读书，只要听到拖鞋的“啪啪”声，心就跳，就想假装很认真地在埋头看书。偶尔抬头看一眼对方，眼睛不自觉地流露出几分轻浮和挑逗来，当突然和对方对视了，又怕自己这种不设防的轻浮和挑逗让对方感觉到自己的招徕，便又十分冷淡地把眼神滑到别处去，假装看不见对方的存在。这样的小诡计被对方用微笑着点头识破得很狼狈。

学校的小树林后来成了荣荣和肖小东聚会的地方。

女人只要有了爱情，是不甘心守住爱情秘密的，荣荣和同宿舍的满芝讲。满芝很仔细地听，并问了一些很细节的事情，比如发展到哪步了。荣荣笑而不答。满芝很着急的样子，着急的满芝异常诡秘地说：“要是拉手了呢，是社会主义的萌芽阶段。要是拥抱了呢，说明到了社会主义的中级阶段。要是摸你的咪咪了，不过，荣荣你别怪我提你的短处，你的咪咪太小了，因为你的身体问题，咪咪被藏在了变形的胸脯下，他肯定不会摸你。咪咪是男人想抓到的丰满的果肉。”

荣荣看到满芝的胸脯，鼓胀的咪咪把衬衣顶得满满的。荣荣说：“也许是我爱上他了。”满芝很奇怪地注视着荣荣，像打量一个陌生人的到来。荣荣等待着，四周寂静的雾气和阳光像一只蝉蜕变后留下的空壳。满芝说：“要是你们将来真能成了，那我是空想社会主义，你绝对是‘有中国特色的社会主义’。”

荣荣睁着丝毫不敢转动的眼睛问："为什么？"

满芝说："荣荣，你装傻还是真傻？他只是同情你。人都是竭尽欲望活着的人，他同情你，因为他有爱心。他的欲望中的爱情，不是你这样的人，因为他很健康，而你，荣荣，你是一个残疾人。"

荣荣嘘了一口气，伤感从密不透风的墙壁里跑出来，她第一次面对面被一个人说出自己的缺陷，而自己的缺陷在生活中隐藏得有多么深？以至于，自己很不明智地把自己当成了正常人。自己才是一个缺根筋的人啊。

知道自己的不可能，荣荣就想办法远离肖小东。一次往图书馆走的路上，肖小东追上荣荣说："荣荣，你为什么远离我？"

荣荣故意把自己的眼睛瞪得很天真："我什么地方远离你了？"

其实荣荣是想引诱对方说出"你爱情远离我了"。

对方没有说，只说了一句："你失去我这个同学，你会后悔的。"

后悔什么？荣荣想，你说是失去这个"同学"，到底是把我当了你的同学啊。我是多么想指望这个男人给我爱情传奇啊，可是满芝说得对，就算他和我只有 0.01 厘米的距离，他对我的感情依然是同情。爱情不是一场华丽的寓言，坚持的结果，受伤的还是我。我们是永远的同学，不坚持就会连同学也不好做了。

荣荣说：“我从来都没有想失去你这个同学，只是，我不想叫人说咱们俩的闲话，你知道，我们更应该是很好的哥们儿。”

肖小东说：“其实，荣荣，把关系拉近一步也有很多好处。”

荣荣不知道拉近的好处是指什么，是指爱情吗？“还是细水流泉做同学吧。”

对方没有任何解释。荣荣心里惶惑了一阵子，两人擦肩而过了。

周末，学校组织同学到乡下去踏青。小村，有一条流着山泉的小河，几块石头露出河面，溪水的流动显示了一条河的大小深浅。过河的时候，肖小东走过来，有男同学也走过来，荣荣叫那位男同学过来搀扶她过河，男生的举止平和温良。荣荣的笑声跌落在河面上，河水泛着波纹，被荣荣的笑点缀得生动无比。肖小东在远处，看到这一切，有几分懊恼和无助。荣荣想：刺激得很到位了，如果他还有爱的话。上山的时候，阳光把荣荣的脸照得金黄，荣荣的笑声从未疲倦。山腰背阴的拐弯处，肖小东等着荣荣走近了，突然一把拉了荣荣的手往山上爬。醒着的山风呼呼地吹过来，荣荣的笑声突然断了，荣荣不想眯住双眼，不想在四溢的光芒中晕眩。拉着的手有力地拉着她往前飘移，她的掌心灼热地散发着暖流，多么适合漫无边际、胡思乱想的时候啊。

荣荣想：不是我爱你，是你爱我。

荣荣想：他一定会在这时候说什么。一个忠厚诚信的男人，假如爱情来了，恋爱中的人通常应该在这样的时候有不合常理的举动。

荣荣等待着：一丛新奇、令人心跳的山菊花跳过去了，空惘而又满含感激的瞬间也跳过去了。那只手抓得很紧，是身体的运动传递出来的力量吗？就要爬上山顶了，同学们在接近山顶的成功中大声呼喊着，突然，他们一起冲着即将出现的荣荣喊了一声："荣荣加油！"

肖小东在紧要的关键时刻打破了沉默，很深情地说："荣荣加油！"

荣荣想马上有事情要发生了。

风的声音在山间回荡，弥漫，弥漫，荣荣感觉到有一只羊在心里跳动。

接近山顶的一刹那，有人喊："荣荣上来了！"那只手在将要出现的同学面前，像被什么灼伤了似的丢开了。

荣荣看到瘦瘦的河流像一条蛇一样躺在山下，好多同学举着手挥舞，荣荣也举起了手。山风把她手心的那份灼热吹没了，荣荣高声喊道："同学们，我是多么的身残志坚啊！"

所有的人看着荣荣，荣荣大笑着喘着气说："看什么？我还是以前的荣荣啊！凡是你们所刻意回避在我身上的现象，都是虚伪的，不合乎天道；凡是你们不敢说，而我又认识了我自己的缺陷，说明我看住了自家的心啊。荣荣能努力登上这山的顶峰，你们不觉得应该为荣荣呼万岁吗？！”

同学们高喊：“荣荣万岁！”

有谁知道，那只手出现在众人面前时脱落的一刹那，荣荣的内心就已经被完全掏空了。

荣荣感谢满芝直面告诉了她的残疾，其实荣荣也知道自己的残疾，因为镜子告诉了她。只不过自己是在她人的同情中，一直被人们说：“多么漂亮的荣荣啊，飘逸的头发，甜美的脸，精致又动人。”荣荣一直不想把“残疾”这两个字加到自己的头上，很想让同学知道自己是一个健康的人。很长一段时间，荣荣就只想一件事情：他，肖小东，觉得拉我的手丢了他的尊严，因为我是残疾人，所以，他在即将被同学看见的时刻放弃了。毕竟爱情在生活中算是一件很重要的事情，它让荣荣难过了很长时间。荣荣明确告诉肖小东，她不喜欢他，他不是她喜欢的那种人，不喜欢一个人很难强迫自己去喜欢，所以，做普通同学吧。

毕业留校任教的有肖小东和荣荣。荣荣执意要回自己的城市。肖小东求荣荣留下来，荣荣还是执意要走。坚持到最后，真要走了，肖小东和荣荣解释了一下那次爬山的突然丢手，他说是因为自己内心的秘密被同学看到了，有点儿慌，所以突然丢手了。荣荣无所谓地笑了笑说：“一切都在平淡无奇中过去了，就让它过去吧。过去的终究是生活的一种方式，尽管很多事情不尽如人意，尽管很多时候对生命无奈，但是毕竟，就是你我的岁月与成长啊，我祝福你未来幸福，因为，我依旧不喜欢你。”

六

荣荣在信中写道：

我们的人类是一个多么热衷于残缺美的人类啊，可惜，残缺总是艺术的欣赏。谁又能知道命运在残疾人的心中烙下的那种伤痛？我是2002年的农大毕业生，与我同级的毕业生都分配了，我的残疾形象不能够让所有办事的机构肯定我未来的工作，如果我能预测到我大学毕业后的结果，我宁愿不给我苦难的供我读书的父母增加学费的负担。我并没有残疾到不像一个人的地步，我的腿和脚行走自如，我的手和臂膀健康得和常人一样。我的脑袋满含了对社会感恩的细胞，我有思想，我的学业一直是我们班的尖子，我的听觉、触觉、嗅觉、感觉都和正常人无二。我只是因为很小的时候摔折了脊柱，我的上半身像一只大虾一样弯曲着，我挺不直我的胸脯，作为女人，我不够美丽。作为女人，我的残疾决定了我的命运。我不是一个甘于向命运低头的女人，但是，我命运的戈壁滩上，谁是我的福星？

七

回到这个出生的城市，妈妈说："你不该回来。"妈妈的话语里隐含着一种疼。

荣荣看到床上瘫痪的爸爸，她感觉妈妈的话是因为家里负担重，不想让她回来承担。既然回来了，说什么都是多余。

荣荣开始等待分配，每天一早起床后的第一件事就是跑编办。荣荣总是被不同的人上下打量，然后开始托词拒绝。

每天，荣荣穿越街道，会看到一个卖铜火锅的店铺早早开了门，男人不停地往外搬要卖出去的家当。卖小笼包的，还有豆浆和馄饨。一个新疆汉子推着馕炉放在路边烤出甜的或咸的馕。卖油条的师傅用半米长的铁筷子夹出炸熟的油条喊着："两块一斤，刚出锅的又脆又香。"一块钱一张的甜馕荣荣很喜欢吃，荣荣吃着一块钱一张的甜馕去编办。编办的人有点儿烦她了："不是叫你在家等吗？你天天来是什么意思？"荣荣说："和我同级毕业的都参加工作了，唯独我这个残疾人没有被分配。我不天天来，你让我去哪里？"编办的人说："你是想拿你的残疾来说事儿？"荣荣的眼睛里射出了不同于常人的愤怒。编办的人不理荣荣了，开始指着进来的人说："你，什么事？"进来的人往前哈着背怯怯地送上讨好的笑脸。荣荣不走开，站在一边等。这样的低垂下去的求助，荣荣一开始也是这样的。进来的掏出什么东西，编办的人意识到了什么，指着荣荣说："你先走吧，一半天我给你回话。"荣荣走出去，关上门的刹那，荣荣感觉到编办的人用手中的权力做着交易。荣荣找到那些分配了工作的同学，一脸真诚地问对方："你参加工作，花了多少钱？"谁也不忍心拒绝这样的真诚。同学说："前提是，你必须保证不说。"荣荣得到了她想知道的结果。荣荣悲伤，也意识到了当初妈妈说过的那句话的真实内容："你不该回来！"

荣荣的工作依旧没有结果，一半天不过是一句托词。路边的馕涨价了，两块钱一个，油条也涨价了，五块钱一斤。飞速向前发展的生活让荣荣不敢多等了。这一年的冬天，爸爸去世了。大雪连绵几日。火化了父亲，荣荣看到化雪后的城市，以前的幻想在真实当中粉碎了，一切都成为裸露的碎片。荣荣盯着黑暗的屋顶，听着弟弟的梦呓，感觉到这个世界上最为真实的东西开始模糊了。弟弟不上学了，他说不上学就一定不上学了。父亲的去世断了养家糊口的工资，荣荣上学，弟弟上学，没有多少积蓄的家，现在更是没有希望了。荣荣的心一点儿一点儿往下沉，再好强健康再叱咤风云的人物，也斗不过岁月悠悠和造化作弄。荣荣拿了爸爸的丧葬费去做生意，决定从摆地摊开始。既然不去做徒劳的事情了，那个编办还要去吗？荣荣是多么不甘心轻易地退却啊。

再去编办，人已经换了，那个人看了看荣荣说：“现在的毕业生都分配不过来，你是哪一年的？早干什么去了？”

八

我回到了我上学前的这个城市，我本来可以不回来的，在学校时，老师让我留校，我不同意，就因为我想回到这个城市，这个城市有我一茬一茬的小学、中学、大学的同学，还有我种种社会关系和撕扯不开的家庭。五年了，我发现回来错了。这个城市掺杂着种种功利的社会关系，像水母那样伸着长长的触角，固执地盘根错节着。我的知识只能表现在摆地摊的抬头和低头间，我变得世故，我活得无比真实，为了一元钱的伸缩我会以我残疾的身体给对方一个需要同情的暗示，我想活着，您知道有什么比活着更好的方式吗？是的，是的，看到这里，您也许不会看到这里，您是一个需要顾全大局的人，您没有多余的时间看到这里，但是，我还是要写下去。我的残疾构成了社会的丰富性，社会是一个复杂得令人想逃遁的社会，健康人也一样，对吧？我的现在——当我进一步看到了、清楚了现实——或许太难，但我还是想保留一点儿想象的模糊和期盼中的希望：有好人，更主要的是有好官员，比如您。生活中全心追梦或决然弃梦的人并不多，大多人选择了平凡又心存不甘，我不甘，才想到要写这样一封信与您，我想要您看到，并且产生慈悲之心，因为，您更应该明白生活是如此叫人活着不易啊！

信发出去了，荣荣的心便忐忑起来，对于一个区委书记，他会不会给一个小人物回信呢？一天过去了。两天过去了。三天过去了。大概与荣荣内心深处的渴望有关，荣荣坐在自己的摊位前，夏天的阳光刀片一样明亮。来往的车辆呼啸而过，她灰头土脸地坐着。因为缺乏主动的打招呼，买她小商品的人就少了许多。有一个女孩儿蹲下来挑选摊位上的水晶发卡，并且取出小包包里的镜子来在自己的头发上试。接着取出唇膏，翘起小口，涂抹唇膏，之后抹一下唇，用手轻轻抹匀。女孩儿的头发没有任何修饰，削得薄薄的、黑黑的，自然垂肩，女孩儿把水晶发卡插在鬓角前，眉目有情，一下让女孩儿生动了许多。

荣荣欢喜地说：“送给你吧，你戴了好看。”

女孩儿惊讶得站起来：“你为什么送我？就因为好看吗？”

荣荣说："就因为好看。"

女孩儿笑了笑，掏出一张"拾圆"人民币扔到摊位上说："谢谢！你真好！但是，讨别人的便宜会让人看不起的。我拿了啊，那算你的。"

荣荣看到那钱，被风掀得要跳起来，荣荣说："多了。"

那女孩儿早已经不见了影子。

荣荣想：多么美丽的成长啊。就算那个姓王的书记接到了信，不看扔出去了，就算他的秘书根本就不可能送到他手上，就算一辈子永远都这样摆地摊活着，我都要面对每一个人露出每一天的笑容。

第四天，荣荣在夜晚八点十分接到了一个陌生电话。

"你是荣荣？"

荣荣听着这个陌生的声音，心跳加速。

"你告诉我你家的具体位置，我是李进步，城区的区长。今夜我有一点儿时间，我见见你。"

荣荣想：怎么会是区长？难道是书记派他来的？来不及想太多，简单说了自己家的位置。

李进步说："九点钟，你在厂区外等着。"

荣荣还想解释什么，那边的电话就断了。

荣荣快速跑到卫生间，拉亮灯看自己，镜子里看到一张熟悉的脸，先是感到奇怪，随即吓了一跳。那张熟悉的脸就是自己啊——那是一张被尘土荡得毫无青春的脸，面孔黝黑，哪里还找得到“文静、乖巧和温顺”？

九

天气出奇的好，疏薄明净，没有一丝云彩。月亮透过树梢，投下斑驳的光彩，荣荣在爸爸单位的厂区外面的马路上站立着。感觉这样的夜晚是她有生以来最明净的一个夜晚。不时地从她的身边滑过去的车灯，好像也和以前的不一样了，有了一些温暖的成分。荣荣看了看腕表，还不到八点四十分，如果人家准点到来，还有二十多分钟时间，荣荣要考虑一下见了李进步要说什么不要说什么。自己得拿个调子。以前的日子漫无目的涣散无力，现在要在一个人面前整合一下自己了，总得让对方知道自己的学历是考来的，不是自费来的。首先，不能让他觉得，荣荣见了他就像见了一个至高无上的人，他不是至高无上的人，如果可能，他算是一个应该受尊重的人。想成为受尊重的人有许多途径，他可以通过现实政治的途径实现尊重，荣荣可以通过矢志不渝的努力来显示自己的被尊重。尊重你不过是尊重你手里的权力，如果你真是一个叫人尊重的官员，那么你早就应该给荣荣一个说法，你管辖的下属中出现了这样的事情，我荣荣决不让这次简单的见面，把一个叫李进步的藏到心坎里去尊重他。有些纷乱的琐碎，不能煞有介事地去想这件事了。荣荣想得纷乱，撩了撩前额的刘海，定下神来，荣荣想：我得无所谓。荣荣肯定着自己，又同时否定着自己。一辆车滑过去了，又一辆车滑过去了，滑过去的路面出奇明朗。

车灯过后，黑暗罩住了一切。有一个人骑着自行车走过来，在荣荣面前停下来打问事儿。荣荣迎着他听，眼睛始终看着将要开过来的车。

黑暗中的人说："你是荣荣？"

荣荣说："是啊，你找这一片的哪家，我告诉你。"

那个人说："我就找你荣荣。"

荣荣收回视线来盯着对方看："你不是找荣清吧？他还在外面游荡着呢。一般找他最好是上午。"

那个人说："我是李进步，就找你。"

荣荣抽了口气，心悬着，怎么也想不到对方是李进步。车呢？司机呢？秘书呢？黑咕隆咚的街道，这地方偏僻得连路灯都没有。

荣荣说："你怎么会这个样子？你可是大领导啊。"

李进步笑了："你看我哪里像是大领导？去你家里坐，往哪个方向走？"

荣荣想到家里的寒酸，突然就脱口编了谎话出来："我从没有领着男人到我家里去过啊！"

李进步说："噢，那这样吧，就几句话，我看到你写的信了，你是学审计的，对吧？明天八点半你去审计局报到，局长姓马，这是我的电话。”李进步递过来一张名片。

荣荣紧张得有点儿昏头了，接过名片的一刹那，才明白自己面对的是谁了。

荣荣说：“李区长，您是李区长，您收到我的信了？您还是到家里坐吧？”

李进步说：“荣荣，收到你的信了，也看了。王书记因工作调走了，你写给他的信只好我来看。记住，明天上午八点半到审计局报到上班。”

荣荣说：“可是我的手续都还在编办啊？”

李进步说：“这些都不重要，你先去上班。”

说完话，李进步推着自行车掉转车头把右腿搭上车的右侧，侧着身回了一下头说：“荣荣，你很优秀。再见！”伸出左手来和荣荣握了一下。

荣荣听见对方倒了一下脚镫，接着又下了劲儿狠踩了一下，人投进了黑暗中。

荣荣不能相信，自己的机缘是否真的来了，怎么会和做梦一样呢？真后悔没有把李进步领到家里。空荡荡的街道，假如这是一个不可测不可抗的陷阱呢？从前的生活模式不可能就这样被明天的太阳打破。荣荣拉了拉领口，看着街道昏暗的部分，风凉似水，偶尔有过去的骑车人，每个骑车过去的人都会调动起荣荣的激情，她想着肯定还会有什么发生。

什么也没有，夜隐藏得那么深重。走到工区前的路灯下，她看到地上自己的影子像一个巨大的问号。恍然，环视曲径两侧，稀疏的灯火如惺忪睡眼。望向高空，几粒星子，探头探脑，仿佛窥视人间动静，荣荣在做梦了。荣荣觉得自己是在做梦了。

不知什么时候弟弟走到了她的身边。荣荣突然想让弟弟替自己分析一下事情的真伪。

荣荣说："发生了一件事，就在刚才，不，还要早一点儿，区长李进步来找我了，骑了自行车，说要我明天去审计局上班，我不知道是真还是梦。"

弟弟说："是梦。"

荣荣说："我给区委书记写了信，说是书记调走了，信落到了他的手里。"

弟弟说："拆看别人的信件？没好人。"

荣荣停下了脚步："不是梦。我在车灯过去的光线下，看到他和电视上的李进步一模一样。"

弟弟说："还是梦。"

荣荣不走了，弟弟，这个不想上学，游走在网络中的大男孩儿，除了外表长得很讨女孩儿喜欢，其他没有值得称道的地方。居然信任他？

荣荣说："你只相信《大话西游》。"

弟弟说："你比我投进网络的感情还邪乎。回家吧。"

荣荣拽住弟弟的衣角："我们去喝一点点酒吧，我给你陪同费。"

弟弟说："好！求之不得。"

两个人走到工区外的街道上，荣荣想告诉弟弟就是在这里，她见到了区长。放慢的脚步还是加快赶上了，不说为好。

找了一家就要打烊的小店，要了花生米、炒土豆丝，弟弟说："搞盘肉吃。"要了小炒肉。荣荣要店家拿过一瓶白酒来，弟弟拧开酒瓶倒进了两个玻璃杯中。

荣荣看着跳动在玻璃杯中的水泡说："你是想我喝醉？"

弟弟先端起来喝了一口："让你更加入梦。"

两个人端了杯子碰了一下。荣荣说："弟弟，你得想办法做点儿什么，你得顾了你自己。"

弟弟说："得，别教训我，你别以为长我几岁就一副老妈的面孔，我烦。"

墙上的电视正插播地方新闻，有李进步的镜头，画面上是在一个什么生态园，有很多盛开的花。荣荣说："看，就那个人，李进步。"

弟弟取过遥控器来冲着电视换了一个频道。荣荣说："你！"端起酒杯来大大地喝了一口，呛了一下，咳嗽开了。

弟弟斜睨了她一眼也大大地喝了一口。

半小时后，一斤酒，荣荣喝了有三两。

两个人往回走，荣荣说："弟弟，你别吊儿郎当的，可要好好做人啊，你周围的同学都比你强。”

弟弟说：“姐，别犯贱，我今天跟你拼惨了。”

荣荣有点儿飘然了，两个人拉着手摇晃着往家走。

弟弟突然仰起脖子喊：“我是一只小小鸟，想要飞，却怎么也飞不高。”他动情了，整个身体呈现出一种挣扎姿态和激情战栗。

荣荣捅了他一下，弟弟更放大了声喊：“嘛咪嘛咪，哄！”

阳台上有人探出脑袋来看，荣荣吓得不敢多话了，拽着弟弟走，牙齿碰得“咯咯”响。

十

酒精的作用，荣荣第二天一早醒来已经是八点了。怎么想怎么都是真的，有那张名片为证。她简单收拾了一下自己，打车赶往审计局。到了审计局局长办公室门口，看了看表，八点四十分。荣荣敲门进去，一屋人在等。秘书抬头看了看荣荣，要她在外面等。足足站了两个小时，肯定是昨夜做梦了，不然不会等这么长时间。来往的人很多，荣荣如果不勇敢地站在里边等，恐怕一上午都不会有时间进门。

荣荣再一次推门进去。秘书和屋子里的人都看荣荣。

秘书说：“你找局长有什么事？”

荣荣说：“李区长要我来找他。”

秘书一下没有明白哪个李区长，秘书说：“你是找审计局吗？不是找残联吧？”

荣荣说：“是李进步书记让我来找审计局的马局长。”

荣荣突然意识到自己说错话了，把区长叫了书记。

秘书愣了几秒钟，站起来敲了敲里屋的门走了进去，接着出来叫荣荣进去。荣荣想，我为什么没早说李进步呢。

马局长站着送里屋说事的人走开，接着坐到自己的办公桌后，看着荣荣问：“你是李区长的什么人？”

荣荣说：“什么人也不是，是找他分配工作，我是农大毕业学审计的。”

马局长没说话，停顿了几秒钟拿起内线电话要一个人过来一下。

马局长说：“你和李区长没有任何亲戚关系？”

荣荣说：“没有。”

马局长说：“你知道，王书记走了是李进步区长接班啊？”

荣荣莫名其妙地点了点头。

一个女孩儿走进来。马局长说：“领她到你那个科去实习，把一切规矩告诉她。”

女孩儿要荣荣跟了走，荣荣说：“谢谢马局长！”

出了局长的门，荣荣觉得这事情也太奇妙了。

走到四楼，荣荣看到要进去的屋子是审计局办公室。女孩儿回头指着荣荣要她坐到沙发上。荣荣坐下来好奇地看着四周。墙上对门的地方挂着一幅字，是苏东坡的《念奴娇·赤壁怀古》。办公室有三张桌子、三台电脑、三个人，其中的两个人抬头看荣荣。

女孩儿说："你就在这里实习，你的实习期是三个月，三个月没有工资。三个月后看表现。每天的主要工作是收发报纸和信件，还有打扫科室的卫生，是这一层楼的卫生，不仅仅是办公室。"

荣荣说："那我的办公桌呢？"

女孩儿看了看另外两个人会心地笑了一下，女孩儿说："沙发。"

另外两个人中有一个男人，生得瘦而高，平头，着一件棕黄衬衫，衬得他本来素净的面孔更加白净了。他抬起头说："你做完这些事情，就可以做别的事情了，也就是一上午的时间，要办公桌没什么用处，况且，你是临时工。"

荣荣赶紧说了声："谢谢！"一种没着没落的无奈。

荣荣说："那我现在就打扫吧。"

女孩儿从她自己的抽屉里取出什么说："这是办公室的钥匙，明天一早你来打扫卫生。对了，还有，负责下班把办公室的窗户关好。"

荣荣开始干活儿，里里外外打扫了一遍，空气里飘荡着清水的味道，在一个陌生的环境里，荣荣感觉到了快乐。

下班走出审计局的大门，荣荣回忆一上午的事情，觉得自己有点儿大材小用了。但她马上安慰自己：总算有领导知道自己了。回到家做出一脸轻松的样子，不能给弟弟哭脸，要让他知道这不是梦，是现实。更不能给妈妈哭脸，她为我们姐弟俩已经够操心了。当然，三个月没有工资不怕，拿出自己的很少的积蓄来补贴家用，三个月后会有希望的。

十一

又换了一个季节。外面的风刮大了，草坪凝露为霜，万物收起了生机，洒下了一片迷茫。荣荣总能看见别人的热闹，别人却看不见荣荣内心的懊恼。当初领她走进办公室的女孩儿叫翠凤，那个瘦高男人叫小刚，还有那个大一点儿的叫素英。每天的办公室总是有很多话在说，不是荣荣的，是他们的。

素英说："弄了一个祖宗，真是什么也不省心哟，隔三岔五地回来。一人回来不算，还带了孩子。你说，我这么个年龄就要给她当姥姥了，晚上还得搂着孩子睡。夜里做梦呢，翻了个身掉在地上了。知道掉到地上了，半醒半不醒，心里明白，可浑身乏力，以为是梦。一动不想动，管那个小家伙在哪儿睡呢，地上是木地板，凉不着她。迷迷糊糊睡不踏实也不想动，到天亮才知道小家伙是真掉在地面呢。她妈进来看到掉在地上的孩子，指着鼻子骂我，说是我不知道疼人，心不正想害她闺女呢。呸，小蹄子，我也就比她大五岁，我要给她女儿当姥姥？笑话人呢。”

荣荣知道素英嫁了个二婚男人，人家的闺女都有孩子了。

小刚谈他的彩票，他的彩票堪称他的白日梦，他总是说：“如果中了五百万，将来怎么理财呢？”小刚认真严肃的表情让荣荣很是想笑。

翠凤不停地煲电话，怕人不知道她总是换对象似的。

阳光透过宽大的窗户落在荣荣脸上。荣荣看到空气、风和阳光在外面，外面有鸟瑟瑟地飞过。荣荣想到天冷了，阳光也罩不住万物的寒冷啊。四个月快到了，实习期也已经超过了。不管怎么说，这也是一份工作，和任何岗位上的工作一样，荣荣是在用心做着。荣荣打扫卫生，从四楼、三楼到二楼、一楼。有几次下到三楼看见马局长，荣荣都想问问自己的下一步。但是，几次都退缩了，马局长的眼睛一定看到自己了，既然看到了，还能不知道自己还在实习？下了班，荣荣喜欢一个人在街上游荡，城市里的每一个角落都塞得满满的，她在人群中穿梭，他们有的行色匆匆，表情冷淡，有的步履缓慢，面带笑容。荣荣想着每一个人都会有一个故事，都会是自己的主角。每个人都附带着一些欲罢不能的东西：活下去，要做什么，怎么活下去？将来的事业和亲人对自己的期望。在纷乱的人群中，荣荣觉得自己越走越远了，好像不是她的意识所为。她努力试图控制自己不要越走越远，她尝试着走近，比如就在曾经摆地摊的那个十字路口转悠，好像也不能。她怕看见那个乡下姐姐，还有那些糊口的摆地摊的曾经的乡下死党们。荣荣慢慢明白了，实际上是自己的心病，是自己在疏离自己的尊重，自己害怕有一天别人知道了荣荣大学毕业后就做了一个打扫卫生的营生，还不发一分钱的工资。怕他们看见了自己要问长问短的，自己又掩饰不好要掉眼泪。荣荣安慰了自己一下：我这个人的存在，李进步知道。我在单位的工作表现，马局长知道。就算马局长不知道，办公室的人也会告诉他。等吧，不能给人家领导添麻烦。

四个月过去了，进入了第五个月，快过年了，什么事情都瞒不住年，荣荣很伤心很伤心，表现出来的脸上的内容是傻笑。

妈妈说："荣，你回来家总是笑，笑得也不自然，不是单位有什么事情了吧？"

荣荣说："没有。好着呢，单位过年要发福利了。"

妈妈说："噢，好啊，总算领上我闺女的福利了。"

荣荣想起了李进步留给她的电话，想什么时候应该打一个给他。有这个想法的时候就找出压在笔记本中的名片，接着又犹疑了。年前事情多，电视上的新闻里他总也在忙，打给人家是在添乱。妈妈说："你过年也该去给人家李区长送点儿东西了，没多有少，就把单位的福利送人家吧，叫人家也知道咱不是富人但也算有情义的人。"

荣荣说："嗯，知道了妈。"

荣荣决定到李进步家里一趟，既然去就不能空手，空手去人家里是很不礼貌的。那么买什么东西去好呢？自己想到的许多东西人家一定不缺。自己想不到的，或不敢想的，自己也买不起。想来想去，还是买一束花吧，快过年了，还不丢人现眼。决定了，荣荣给李进步打了电话。为了怕对方认为是骚扰电话，荣荣等那边一接电话，荣荣就说了："李区长，我是荣荣，那个残疾人，我想去您家里看看。"

李进步说："是荣荣啊，你可从来没有给过我电话啊，一定过得还不错吧？"

荣荣说："挺好的，上下班都好。"

李进步说："好了好啊，有事就说，没事呢，我看就别到我家里了。把年过好！"

荣荣抢着说："我都订好花了，决定了的事，您就同意吧。"

那边没有动静，荣荣怕把事情黄了，着急地说："我求您了。"

李进步说："那好吧，你一会儿到我家里，我看看表，噢，都快吃午饭了，家里有人。这样吧，我在井园小区，六栋三单元三〇一，如果门卫不让你进，你就说是李进步的妹妹。”

荣荣快要哭了，不敢再多说一句。

电话里的李进步说：“荣荣，你在听吗？”

荣荣挤出一句话说：“在听。”

李进步说：“那就一会儿见。”

放了电话，荣荣飞速跑到对面的花店，要店主插一个最好的花篮。荣荣打车到了井园小区，门卫果然拦住了她。

荣荣说：“我是李进步的妹妹。”

门卫上下打量着不相信，看到荣荣手里捧着的花，想着不是什么坏人，但就是不放行。

荣荣说：“我真的是李进步的妹妹。”

门卫说：“那你知道他家里的孩子是女儿还是儿子？”

荣荣瞪了眼睛说：“我是李进步的妹妹，难道我不知道他是女儿是儿子吗？”

门卫噘着嘴说：“我就叫你说呢。”

荣荣真不知道李进步家的是女儿还是儿子。荣荣说：“要不，你给李进步打电话吧？”

门卫的眼睛一瞪说：“笑话，书记的电话是可以随便打的吗？”

两个人就这么僵持着，下班的人陆续走进小区，有人就想多嘴：“门卫，怎么啦？”

门卫说："她说她是李进步区长的妹妹，李区长怎么可能有这样的妹妹。"

荣荣上前一步看着门卫说："你！"

所有的人开始上下打量荣荣，有人小声说："有毛病呢这个女人。"

"听说李进步要当区委书记了，不知道为啥，现在还没有动静。"

"不一定。我听说他要走，城区的书记和区长要一起动。"

这时候李进步走着回来了，所有的人都说一句话："下班了李区长？"

李进步说："下班了。你们这是看什么？"

观看的人闪开要李进步走，李进步看到了花篮后面的人，应该是荣荣了："是荣荣？跟我回家。"

李进步接过荣荣手里的花篮领着她往家走。

荣荣不敢回头，后面的人群终究也是生活的一种方式吧。

开门的是小保姆，荣荣跟着进来，要脱去鞋子换上拖鞋，李进步不让，他自己也没有脱掉鞋子。李进步要荣荣坐到沙发上，他把手里的花篮放到电视机上。自己也坐到沙发上，看着电视机上的花篮说："荣荣，你给我们家带来了春天。"

荣荣不知道说什么好，一个劲儿地笑。

李进步看着荣荣的笑："看荣荣开心的样子就知道工作得很愉快。"

荣荣点了点头。保姆端过来两杯茶放在他们俩面前。

李进步说："荣荣现在一月拿多少钱？比起摆地摊来是少了呢还是多了？"

荣荣没有办法说谎了，有点儿惶恐，无所遁形的感觉："李区长，我不拿钱。我还在实习期。"

李进步放下手里的水杯："你在实习期？"

荣荣点点头，很轻松地说："大概要过了年后才能拿工资吧。"

李进步说："你在哪个科室？为什么手续还没有办进去？你如实把前后的事情告诉我。"

荣荣的脸洋溢着冰雪般凛冽而又脆弱的甜美："我还是走吧，要到午饭了，我妈妈在家等着呢。"

荣荣站起来想逃，他从李进步的脸上感觉到了严肃。

李进步说："你坐下来，你再不说，我就不管你了。"

荣荣坐下来，希望和失望带来的心灰意冷是两回事。大腊月天的，不能让自己的心情坏了过年的气氛。荣荣开始叙述，很无所谓的样子。对面电视机上的鲜花盛开着。荣荣感到李进步在聆听她的叙述时有一种认真的负债感。

李进步说："你肯定地告诉我，他确实问了你是我的什么人？"

荣荣"嗯"了一声。

李进步指着电视上正播的午间新闻说："看，那人在吹大话，不看了。王八蛋！”

荣荣以为是骂电视里的那个吹大话的人。

李进步说：“你下午就去找马局长借钱，我会给他电话的，你别不好意思，借两万，我要你借两万。你总得过年吧！”

荣荣不明白是什么意思，借两万过年，怎么过一个年就要两万？最根本的是还人家什么？荣荣不敢答应借钱的事情，只说：“过年不用钱，我妈都准备好了。您也别把我的事情当回事情，有路走总会有明天。”

荣荣窜改了一下乡下姐姐的话。

荣荣站起来要告辞，李进步本来想留她吃饭，看荣荣的样子知道她确实是想走，也不挽留了，送她到门口，说了一句话：“记住下午就借钱啊。”

荣荣说：“我走了李区长，您好好过年啊。”

李进步冲她笑笑，摆摆手，没有作答。

荣荣走到大门口，看到门卫看她，用异样的眼光在看，表情跟梦游似的。

十二

下午上班了，荣荣窝在沙发上看书，脑子里却装不下字。

李进步要我和马局长借钱。借钱？说什么都不能借的。怎么能找局长去借钱？马局长脸长，颧骨高，肤色黑，一看就是强项的主儿，你借钱，人家脸一黑，拿眼睛盯着你一眼，叫你吃不了兜着走。但是，为什么一定要自己去借钱呢？这也是荣荣脑海里装不下字的原因。办公室的人好像不知道有荣荣这么个人存在似的，热烈的时候热烈，不热烈了突然就什么也没有了，只有荣荣的翻书声。小刚抬了一下头伸了个懒腰："哎哟——"尾音拖得长长的，他真是伏在电脑前的时间太长了。荣荣想说什么逗乐的话，想叫他更放松一下，看看自己不入群的样子，一个临时工拿什么和人家去讲玩笑？啥也没有说出口。

桌子上的电话响了，素英接起电话来："是局长啊，您是说找谁？荣荣？"

素英拿着电话冲着荣荣说："快，局长找你。"

三双眼睛都看荣荣，荣荣的心慌了一下，她可从来没有过电话啊。边拿电话边小声说："哪里的局长？"素英说："咱们的马局长。"

荣荣接过电话说："马局长您找我？"

电话里的马局长要荣荣到他办公室一趟。放下电话荣荣出门往楼下走，听到身后的人议论自己，来不及听，已经走到局长办公室门前了。

敲门进了马局长的办公室，马局长说："你坐下。"

荣荣很享受地坐下了。

马局长的脸有一点儿暖色，微笑着说："荣荣，你老家的家在哪里？今年多大？什么学历？"

荣荣一一作答。

之后马局长突然话锋一转问："你同李区长到底是什么关系？你们的老家不是一地的。"

荣荣一激灵，不知道如何回答。说是没什么关系吧，显然他已经肯定了有什么关系才问的，说是有关系吧，那不是明着撒谎嘛，你一个小人物，何以跟这么大的领导有关系？很作难。情急之下，荣荣突然冒出一句："我去李区长家里，其实说是——妹妹——吧。"荣荣想说是李区长让我做他的妹妹，可一着急变含混了起来。

身子向前探了老长的马局长很想听出什么名堂来，一听荣荣这么说，马上缩回身子大笑了起来，并且连连说道："噢，噢，我知道了，我知道了，难怪你知道他要当书记了。荣荣妹妹啊，你具体对你自己是怎么想的？"

荣荣被马局长叫了妹妹，吓坏了，况且也不知道李进步要当书记的事。一时又确实不知道具体想什么，想到了李进步让她借钱的事，荣荣说："我想和单位借点儿钱，要过年了。"

马局长说："这我知道。我只是想说，这钱呢是我给你，你和李区长说清楚了，是我给你，知道不？你是李区长的妹妹就一定也是我的妹妹，况且你马上就要升格成为书记妹妹了。”说着从桌子的什么地方取出来码得很齐的两沓子钱递给荣荣，并且要荣荣收好了别叫人看见。

荣荣懵懂着接过钱来说：“那我给您打个借条吧。”

马局长加重语气并用了一个很暧昧的眼神，说：“看你这个荣荣妹妹，收好了，和李区长说一下，我祝贺他马上成为李书记了。借不借条吧，我和书记还用走那形式主义？以后的天地宽着呢！”

荣荣执意要打借条。打借条的空当里，荣荣想着这事情有意思，马局长那阴天不下雨的脸变得很怪了，李进步为什么要我和他借钱呢？荣荣把借条打好了，看着马局长说：“马局长，我的实习期也到了，我下一步的工作，您看？”

马局长琢磨什么事儿：“好说，好说，好说。”

荣荣说：“马局长，您说我这正式上班的事能经您同意吗？”

马局长说：“不就是一句话嘛，都好说。”

荣荣说：“马局长，那等过了年办好不好？”

马局长回过点儿神来：“你的事儿都好说，不就是个吃财政嘛，年前就给你办了它。你这个荣荣妹妹啊，你可是我们两兄弟之间的一座桥梁啊！”

有时候你觉得天上不可能掉馅饼，但是，它就掉馅饼了。

荣荣拿回家的钱不敢动，琢磨着这钱的来龙去脉，一时紧张，一时又很窃喜。

马局长后来派人调查了荣荣，荣荣和李区长八字挨不到一起来，可李区长葫芦里卖的什么药？马局长一时也没有明白。李区长依旧没有正式提拔到位，风传很多，有说过了年要来新书记，马局长又不敢轻易辞退荣荣。可是，借出去的两万块钱他惦记着，一时作难。用了一上午的时间琢磨事情：李进步是什么意思？一个残疾女人，她的能耐到底是什么，让李进步重视她？琢磨不透，假如李进步要是突然调走，自己就吃大亏了，哪个敢拿我审计局局长开玩笑？也就是你李进步。罢罢罢，想到最后，叫了会计来，要她打一张临时工工资的表格，荣荣从上班那天开始算起，免去实习期，按五个月，一个月一千算。马局长决定不让荣荣简单地就吃了财政，没明没暗的事，平白无故不能给她这个好！

他要会计出去后把荣荣叫进来。

荣荣恭敬地站在马局长老板桌对面。

荣荣说："马局长，您找我有事？"

马局长"嗯"了一下。一口烟没有抽到底，把剩下的烟头掐灭在了烟灰缸中。

一缕缭绕上升的烟气把马局长的脸映得阴黑。

荣荣不知道发生什么事情了。

马局长居然笑了一下。荣荣心跳得嗵嗵响。

“我想了想，是该给你一份工资，临时工也该有起码的生活保障，对不？不能叫你花我的钱。花我的钱可以一时，但是，肯定不能一世，对吧荣荣？这样呢，我就要会计给你从你实习期算上，一个月一千，不多，也有五个指头了吧。你待会儿到会计那里去领。领了来见我，有些事情我还需要安顿你一下呢。”

荣荣明白了局长的意思，但是，明白的当下好像又糊涂了。从心理上越发不安了，进退不知，小心答应一声走出办公室。

荣荣从会计那里领了钱，有点儿兴奋，仅仅是有点儿。觉得自己的前途有了变化，还是想不出来为什么，总之自己的前途愈加未卜了。

马局长抬头看了看荣荣，捎带了一眼她手中的钱。

马局长说：“领了？”

荣荣说：“领了。”

马局长说：“数了？”

荣荣想起来没有数，会计递过来一沓子，好像是已经数好了的。荣荣想正好对着马局长数一遍钱，也算有个交代。

窗外的阳光照射在马局长脸上，他眯起双眼，不想在四溢的光芒中晕眩。他抬起拿着香烟的手搭在了额头上，调换了一下姿态看着荣荣数钱。这么爱钱的一个女人，李进步的眼窝也太浅了，给你钱你不要，转手叫我给这个女人？

“你这个荣荣，身份复杂，你叫我怎么帮你呢？”

荣荣数好钱，用手腕上一根橡皮筋套好，看着马局长说：“局长，我不复杂，其实，有些事情你可以去问李区长。”

马局长说：“算了，问什么李区长，想不到你能言善辩，还过于有主见，不说了，等过了这年再说。你看你的意思呢？你看——”

荣荣不知道马局长要看什么，说好的年前就办了的事情，为什么拖后了呢？无缘无故地，倒是听出马局长用牙齿撕扯出来的那些话，却狠。

荣荣的心跳了起来，把当下要做的事情就忘记了。

马局长一下严肃了。

“荣荣，你该明白你的身份。你看呢？”

荣荣看到马局长的脸上涂上了一层老红，目光降低了许多，转瞬间那脸就又黑上了。荣荣眨动眼睛的频率快起来，有些话说不出口，人有些着急，站了起来，迈动了脚步想解释什么。

马局长以为她要走，自己也站了起来：“荣荣，你这个按不倒的葫芦、抚不平的瓢，你是真想叫我说透啊？”

荣荣真正地莫名其妙了，往后倒退了两步：“马局长，你这是要说透什么？是我的工作吗？”

马局长说：“我这是叫你明白你手里的东西可不是你自

己的，是我要会计给你按没有实习期的工资发放的，要不是你和李区长的关系——你，你太会利用李区长了。”

荣荣感觉自己丢人了，她不想利用谁，她的未来山重水复，远到天边，也不是这几个月的事情。她决定不给马局长这钱了，等下午把家里的取上，一并两万五都还给他。荣荣打开自己的挎包，想把钱放进去。

马局长压住嗓子喊了一下：“荣荣呀——”

荣荣听到马局长的这声“荣荣呀”，有袅袅不尽的尾音，它战栗得像一条无所不至的蛇，从老板桌子前的那头爬到了这头，荣荣的心像是被蛇芯子舔了一般，幽微地麻了一下，明白什么似的，把伸进包里的手拖出来，伸到马局长面前：“给，剩余的我下午还你。”

马局长说：“我不是这意思嘛，我不是这意思嘛，你看你这个荣荣。”很轻地接住了它，放到了身后拉开半缝的抽屉里。

荣荣逃也似的出了门，钻进了三楼的卫生间，长嘘了一口气，眼泪在嘴角湿腻腻的，半天都擦不干净。

十三

妈妈来开门，用眼神示意荣荣，弟弟回来了。荣荣看到妈妈的脸像一张幽暗苍老的宣纸。宣纸的皱褶里妈妈的眼睛亮出一道尖细的光。荣荣看见靠在沙发上看电视的弟弟。弟弟像陌生人似的看了她一眼。为了这个糊涂人，她又得用心良苦规劝一番了。荣荣坐到沙发上看着弟弟，弟弟“啪啪啪”按过一遍电视遥控器后“砰”地扔掉遥控器，站起来走进自己的卧室。妈妈从厨房探出来的脑袋在弟弟站起来的时候缩了回去。

一切安静得像一只虫蜕变后留下的空壳。

荣荣很无助，起身去换了一双拖鞋，走进自己的卧室。躺着想了一会儿事情，发现毫无头绪，抓过床头的电话来，拿起时发现里面有荣清在说话。电话是串着线的，一个女孩子正说：“嫁了你往哪里住呀，我可不愿意和你老妈和你姐住一起，要她们搬出去住，我才要嫁你。”电话里的笑声扬起来，银铃一样，荣荣小心放好了电话。

荣荣想自己将来的容身之地，还要不要是这个城市？颠沛流离，居无定所，还要不要工作？还要不要恋爱？想到这些，有些伤感，当下就缺少这么个人来商量事儿。

对于感情，荣荣的愿望总是来得卑微。

和双喜相处是爸爸的一个朋友介绍的。双喜是离过婚的男人。

叔叔敢把这样一个男人介绍给荣荣，说明叔叔的眼力判断是准确的。荣荣接受了双喜，答应相处一段时间。第一次见面是去超市，想起来都莫名其妙。在超市的门口，两人见面了，一前一后进入超市，庞大的超市里满眼繁华。双喜有些眼神不正地高瞄低找，余光收回来都落在荣荣身上。寂寞了一阵子。双喜问荣荣："听说你是李进步的妹妹？"荣荣看了他一下没有说话。"我又不是外人，或许要做他的妹夫呢。"

荣荣想：我这样的人只能有两种人来爱，第一种是智力和学养很高，知道荣荣胸有城府，不在乎外在的，以张海迪为例。自己哪里又能和张海迪去比呢！另一种就是双喜这样的，目标很低，被牵线到了荣荣身边来。这样想过之后，荣荣几乎哽咽难言。二者之间那一层男人呢，他们不属于荣荣，只属于世俗，搭伴过日子，只要人实在就好。荣荣问了双喜被前妻带走的女儿有几岁了，买了一套牌子的衣服想送给她，算是答应了相处。

荣荣告诉妈妈找朋友了，想领到家里来叫妈妈看。

妈妈一大早起来就兴致勃勃地买菜，剁肉包饺子，还从市场买了一只鸡。刀起头落，开膛煺毛。不等炉上炖的鸡散发出浓香来，双喜就来了。妈妈看了看面前的人，没有多说话，忙着转身往鸡汤里下了一把蘑菇。妈妈把荣荣喊到厨房里来。

妈妈小声说："他是一个中年人，看上去不配我闺女。"

荣荣说："妈，你要正确认识你闺女的外貌，况且人家对我好，找一个长相好的容易，找一个对你闺女好的不容易呢。”

妈妈说：“看他的脑袋，像一只光溜溜的肉葫芦，我不能去想他就是我的女婿。”

荣荣说：“咳，你去想他把你闺女照顾得好就行了，你一辈子操心，现在该我孝敬你的时候了妈。”

蘑菇吸饱了汁水，一朵朵肥嘟嘟的，桌子上的汤盆里像开出了汤花。双喜夹起一只蘑菇来，妈妈以为他要夹给自己或者荣荣，他却夹进了自己嘴里。妈妈端起荣荣的碗来，舀着鸡汤，眼睛恶恶的，勺子磕在汤盆上，重重地，发出无比响亮的愤怒。

他是一个完全自私的男人，竭尽自己的欲望活着，因为他的欲望，荣荣努力展开着笑脸。

彼此都不容易呢，用交往进一步海阔天空吧。荣荣告诉妈妈。

双喜要荣荣尽力接近李进步，说李进步是一块肥肉呢。

荣荣想：这个男人是不可以和自己终老的。

荣荣想和他分手。双喜觉得，荣荣这个样子还敢和自己分手？笑得快把牙掉出来了，指着荣荣：“就你的样子？”荣荣的心寒了一下，两下，爱情其实与自己的家门已经离得很远了，荣荣心里噙满莫名难辨的泪水，活人咋这么不容易呢？

十四

再打过去电话的时候，荣荣无话了，不能像任性的孩子一样独自胡闹。对方说：“是荣荣吗？为何不说话呢？你是不是在听？”荣荣怕一张嘴说话发出凄然的声音，荣荣半天不语。对方挂了电话。接着又打了过来。荣荣拿起电话来，心平静了好多，荣荣叫了一声：“李区长，你是不是在忙？”

李进步说：“不忙。你是不是有事，荣荣？”

荣荣说：“是，有事。你不忙我就多说几句。你让我借了马局长两万块钱，我心里不踏实。人家办工作是要送钱的，我拿了人家的钱，我办不成工作了。”

李进步笑起来：“荣荣，他没那胆量不给你办。”

荣荣说：“可是，他就是看人下菜了。”

李进步“噢”了一下。

荣荣说：“我想好了，我不想上班了，吃财政让我找不到尊严。我想自己养自己。”

李进步说：“哪个不是自己养自己呢，你如果能创造更多的价值，除了养你自己还可以养他人啊。国家培养了你，你是学有所长的，当然更应该把学到的用到工作中，否则，你上大学做什么呢？摆地摊是不需要大学文凭的。”

荣荣一下子笑了，不自觉地，眼泪却是豆子似的一串串往下淌，迟钝了几秒钟，突然猛醒过来："对不起李区长，我不该这样想，我等马局长给我办手续好了。"

"荣荣，你在笑呢还是哭？"

荣荣说："笑呢，有你做我的靠山，不笑就怪了。"

"我要你借他的钱，是想让他明白一个道理，做官不是赌博，不是往哪一个人身上押宝，就算我离开了，他也该懂得共产党给他的身份资格不是要他谋算自己的。他算计得可真清楚啊。"

荣荣叫了一声："李区长。"

"荣荣，你下午拿着吃财政人的心态上班去。我看他敢和我作对！"

荣荣说："这样合适吗？其实，我想吃财政的心态也和体验做领导的心态是一样的，人家之所以巧妙地对我措辞，小心地对我表态，是因为了解别人和自己也是一个人的权利啊。"

"你说得对，我也有过年轻的时候，也曾受过势高权重者的挤压，可如今，我管的干部居然拿着手中的权力不听我的话，和我玩游击！荣荣，你在听吗？"

荣荣说："在听。"

"其实，荣荣，你的事不算什么。我八年在这个岗位上没有动过，我和你们马局长的心态是一样的，我多么想动一动啊，官场是一场竞争，拉开序幕的时候，就已经明白没有绝对的公平可言，谁都知道人的主观性是永远不能够避免的。什么都知道，却又什么都不能说。”

荣荣一下惊讶了：“您都当八年区长了，有多少人在想，在等，在努力，哪怕一天的任职呢。你还不满足啊？”

对方静下来，不说话。

荣荣心里突然变得格外平静，静得一片空空，静得一片茫然。

妈妈在客厅里贴着门缝偷听电话，一时手足无措，小心问：“没事吧荣荣？”

荣荣奇怪自己说出这样一句话来，她感觉到了对方的不知所措，在无线电波的那头，在他身体和呼吸当中，一定没有人说过这样的话，这样的话是一个醒着的人说着的话。

那边的电话断了。

忙音像省略号一样，荣荣听见妈妈踩着电话的忙音走进了厨房。

荣荣不去想这件事情了，决定下午去一下单位就再不去上班了。不受别人的管制，不受别人的挑剔。人是有感情的动物，人也是最难伺候的，做人得学会说话，假如我用另一种口气与李进步讲话，或许他就不会放电话了。算了，把苦难当成上苍赐给我的一笔无价的财富，不信自己走不出一条路来。

午后的阳光散乱，街道上刮着生冷的风，荣荣乱无头绪地走着。感觉中的冷，窒息般地向四围弥漫开来。荣荣吸进来一肚子凉气，用手裹了棉大衣走，路人匆匆。人们用狂热的劲头来采购东西，那些汹涌如潮的市声勾勒出了年的急迫。路边商店里的叫卖声煽情到想让人掏光最后一分钱，过年了，咋和梦一样呢？声满天地的叫卖声，大红的“福”字和金粉写就的春联，有种急弦嘈杂的味道，荣荣忍不住脚步加快了，走向叫卖楹联的地方，买了对子，为了给家里添点儿喜气，为了让下一年顺着“年”的吉气让一家人平安幸福，荣荣把刚才的事情甩到脑后去了。

看了看时间，离上班还早，自己出来是想散散步，既然买了对子那就送回家吧。

回到家里，妈妈说：“你爸今年去世了，第一年是不见红的。”

有股萧瑟感，突然地又泪如泉涌了。无法控制，对命运最无奈的感慨。

十五

荣荣站在尘土飞扬的街道前，双喜从什么地方赶过来，昏黄的阳光照得他额头上的皱纹和头发中的白发很是明显。

他穿了一件红色的夹克衫配蓝色的休闲裤，在荣荣的目光中，色彩鲜艳，但缺乏生动。

荣荣停下脚步，双喜说："过年了，是不是应该给你们家买点儿什么？"荣荣说："随便吧。"双喜说："什么叫随便？你是我丈母娘养大的闺女，大过年的得孝敬一下，不然，我将来怎么住进你家去？"荣荣看到双喜脸上起了一个大疖子，在他的鼻头左侧，没有恋爱中的疼爱，也没有怦然心动，这个男人，那么真实地在自己面前站着。荣荣说："看人家是怎么孝敬的，你也怎么孝敬。"荣荣回转头往前走，有时候人与人的机缘是可遇而不可求啊，身后的这个人，与荣荣是一种宿命的机缘呢，生活的意义需要荣荣和他走到一起，一时走不近，但是，总会走近。荣荣强迫自己去想他的好，他的没有女人打理的样子，是因为荣荣从心里不接受他的缘故呢，不能要求生活完美，只能明白此生的艰辛和不易，活着是为了换取幸福的好感觉，好感觉也是从俗常的生活得来的。荣荣不想那么多了，不能挑剔，抱定了要和身后的这个人相依为命的决心。荣荣回了头看着双喜说："明天星期六，我陪你去买过年衣服，你身上的衣服脏了，显皱，看上去不清爽。"

双喜说："荣荣，你知道疼我了。荣荣，我想现在求你一件事，你答应我，明天买衣服时还你。"

荣荣说："什么事？还什么？"

双喜说："我在棋牌室打麻将输了，人家扣了我的电动车，说来也不多，五百块，不算钱，可手头没有，想着你这时候来上班，想向你借了去还账。"

荣荣没想到他有这嗜好，张大了嘴巴看着。

双喜："借了是要还你的嘛，又不是不还你，明天连本带利还，都好说嘛。"

荣荣说："我没带钱。"

双喜说："我不信。你忍心叫人家瞧不起我？"

荣荣说："你有大把的时间赌钱，就不会想办法去赚钱？"

双喜上前拉住荣荣的手说："荣荣，看你说的，啥活儿都得有人干嘛，我这次还了人家的钱，我再赌我不是人嘛。再说了，我那辆电动车就是赢来的。"

荣荣觉得自己在经历毫无尊严的恋爱，一时的现象分裂了荣荣内心美好的想象。还想着要去疼他，去改变他，她不知道这些内心的决定对他的存在还有多大的意义。荣荣伸进自己的挎包，摸着抽出五张钞票来，她抬头看双喜，他那双眼睛像一只马蜂一样蜇痛了荣荣的心。

双喜拿了钱扭头就走。荣荣说："你就不计划说点儿什么吗？"

双喜说："不就是俩钱嘛，明天还你就是了嘛。"

荣荣满心都是疼痛，他这么一个人，与自己的爱情很远，想象中的不该是这样。该是什么样子呢？荣荣边走边想：想在一个人面前耍点儿小性子，心跳跳的想使坏，两人相视而笑，握住手，像电影里的经典镜头。在爱的人面前活泼起来，心里应该是充满美好的感觉。可是，可是，好的爱情能经得住生活这般残酷地打磨吗？一生一世只怕是珍珠也会褪尽光华，想那么多浪漫没用。荣荣决定明天要好好和他谈谈，过日子首先得学会本分。

荣荣没想到她走进马局长办公室时，发现李进步在。荣荣被秘书拦住了，要她到办公室去等电话叫她。

办公室内很安静，只有小刚伏在电脑前。荣荣知道小刚是独身一个人，一个人的“年”随大流过，想来是他已经对过节没有感觉了，不然的话，这时节他应该去采购。

小刚越过电脑看着荣荣说：“你说荣荣，我们周围的议论，很大程度上是源自我们自身的文明程度不够和教养的缺失，你是一个非常非常有教养的人。”

莫名其妙的话。

“你有一个好哥哥。”

没有脑袋，一台电脑遮挡了他的身体。

荣荣说：“你在说什么？我一时没有明白。”

小刚说：“全机关都在议论你呢，你有一个好哥哥，其实，你有这么一层关系，你为什么要如此卖力地工作呢？”

荣荣把眼睛睁得大大的，电脑后面藏着的那个人，不是玩彩票的主吗？怎么也说这样的话？

电话响了，是叫荣荣下去到人事科。

人事科的人告诉荣荣，要她明天和他一起去把放在人事局的手续要回来，从明天开始她就是审计局的正式职工了。上班到审计一科。明天，马局长会开会宣布你的情况。

荣荣高兴得想喊一声，不能喊，只觉得自己是在做梦。

回到办公室，荣荣告诉小刚："我要办手续了，终于要成正式工了。"

小刚离开座位，摊开两只手，走过来俯身碰了碰荣荣的脸。

十六

成为吃财政的正式人员，对荣荣来说多么不容易。

嫁出去的姐姐回家来看荣荣。荣荣很高兴，吃罢喝罢，荣荣找了几件不穿的衣服要姐姐带回去。荣荣看到妈妈和姐姐嘀嘀咕咕说什么，看到荣荣的时候说话又都卡了壳。荣荣看她们一眼，两人又都不吱声了。荣荣问妈妈说什么。

妈妈的语调随即蔫下来："说你姐姐呢，她说这辈子都白活了。还有你姐姐的孩子欢欢，高中毕业后没事做，你说他怎么也是高中毕业生啊，人家有能力的都在城市找工作了，他在家，人哪，谁都不愿意白活一辈子，都想长本事呢。”

姐姐说：“荣荣呀，姐姐说句不应该的话，你有今天，那是爸妈的功劳，可姐姐长你岁数，你这么有出息了，也是姐姐带大你的，也有姐姐一份功劳啊。姐姐现在遇事了，这事呢关乎姐姐的命呢。我没旁的意思，你也别怕，看把你吓的。姐姐知道你心肠热，爱帮人，可咱家的事也是大事啊。白云苍狗，世事难料，你真是给咱死去的爸和活着的妈长脸了啊。你认识了区委书记，你咋就认识了呢？你姐夫还稀罕你的本事呢。”

荣荣一头雾水，却也明白了什么，姐姐都知道李进步当书记了。

“姐姐，你是想要我帮欢欢找工作是吧？”

姐姐一脸惊喜：“是啊，是啊，咱哪见过人家区委书记的面，正月十五闹灯会，看人家在主席台上，那时他还是区长呢。一时看不清楚，挤挤擦擦的那么多官儿咱离得又远，隔着人山旗海，军警民兵，根本看不清楚人家的长相，电视上再看，人怎么都不像实的，人家那脸，就是比跟着的那些人的脸大一圈，官相呀。我还和欢欢说，快看电视上的，你小姨认识的就是这位大官，平常啊，咱知道人家够不着人家，这回你小姨可要给你帮大忙了，你得感谢你小姨一辈子呢。”

荣荣看了妈妈一眼，姐姐四六不着调，这事与妈妈有很大的关系呢。妈妈假装做手边的事，有点儿手足无措。

姐姐用不胜向往的神情看着荣荣。

荣荣说："这事不可能，绝对不行。"

姐姐不说话了，眼泪像断了线的珠子，滚在脸上，掉在身上。

"荣荣，当年，能接爸爸的班我没接，是因为爸爸偏向你身体有毛病，想叫你接班，后来没有接班这一说了，家里就齐力供你念书。想着对你的亏欠，就想要你多认字、长本事。你长大了，妈每天都给你吃两个炒鸡蛋，我是没有份的。我那时眼巴巴看妈把鸡蛋打进碗里，看到妈用筷子小心地挑出蛋黄末端那个眼睛。妈说，这是鸡娃的头，吃掉它是造孽的，妈说，你不吃它，你就有好的前途。你活了三十五年，妈每天给你吃俩鸡蛋，那是妈对你的偏爱换来的。你就看在妈的面子上帮帮姐姐吧？"

荣荣想到自己在家的日子里，每天早上，妈妈把鸡蛋在碗沿上轻轻一磕，两个大拇指相向而对，顺着磕开的缝儿向两边一豁，鸡蛋黄儿和蛋清就落入碗底，妈再用二拇指把鸡蛋壳里挂着的蛋清刮一遍，刮到碗沿上。有时候妈会用两个指头轻轻地夹出那个眼睛，然后朝着弹出去的窗外说："老天爷，保佑荣荣把身体吃得强壮些吧。"

荣荣看到妈妈用粗糙的手抹了一下眼睛，耳边一缕在姐姐的啜泣声中飘动的白发，衬出了脸上无奈的怜容。

荣荣说："两码子事，不行。"

荣荣看到姐姐双手捂着脸急促地走出门外，在楼梯口停了一下，回头和妈妈说："妈，我走了。"

听得妈妈说："你妹妹不容易，还有你弟弟的事呢，你就顾你自家的事去吧。"

姐姐走了，头都没有回一下，是哭着走的。

十七

双喜隔三岔五地找荣荣，要荣荣和李进步说，把他的工作调到事业单位。有机会不利用，过时作废。说这话的时候，双喜在荣荣的腮边亲了一下，很亲密地叫了一声："荣，听话。"荣荣逃也似的跑回家，在卫生间的大镜子前洗脸，一遍一遍洗，有点儿厌恶，也有点儿难过。

春天的花开了，树绿了，阳光也明亮了许多。单位的人突然觉得荣荣是一个那么容易快乐的人，只要有一点点快乐的事，她就会笑，她把笑脸送给每一个人，她的笑脸让所有的人看到了，不得不加倍还给她笑。只有荣荣知道，她的开心是因为有李进步罩着她的心灵，能够笼罩住她生命微小的前途，让她有足够的安全和自由。她想要用笑报答这个社会中的好人，因此，她想要把笑送给每一天在她面前出现的人。

下班的时候，双喜在外面等着她。荣荣明确告诉他，不可能让李进步帮助他调动工作，如果你打消这种想法，我们可以继续谈，如果不打消这种想法，我们结束。双喜无赖地坏笑着说："我告诉你们单位的人说我睡了你了。你还不帮我呢，我就告诉全城区的人，说李进步睡了你。"

惊惧、惶惑。这是她要决定相依为命的那个人吗？人都应该有一种自生的品质，这个人的心性是如此歹毒。荣荣不能承受双喜说出这番令她屈辱和痛苦的话，决定分手。

双喜肆无忌惮出现在单位里。

市井喧哗，尘土飞扬，单位的人都知道荣荣要结婚了，并且现在已经和每天在单位门口等着的那人同居。连门房的保安都说那个人鬼眉六眼的，荣荣居然看中了他。荣荣每天还是笑笑地面对他们，只是笑过后，脸上木木的，有一口咽不下去的苦涩。

要想自行了断这件事，就必须下狠心。荣荣想去双喜家见他爸爸。

双喜家在郊区农村，荣荣敲了好半天门，才听到里面有咳嗽的声音。门开了，开门的人很瘦弱，没有惊异，也没有问你是谁。他不住地咳嗽，低着头要荣荣进来坐。屋子里暗沉沉的，没有生气。窗户上挂着一块发黄的帘子，也是旧旧的，与对面的人一样一派"凄然"。荣荣突然不想打扰这位老人了，不想多话，没有坐，掏出一百元放到一进屋子就能看到的床上，要走。

突然，话传过来，那声像旧瓦盆一样，闷闷的：“他是不是伤害你了？”

荣荣走到地中央的煤球火炉前，看到火台上有一个熏黑的铝锅，锅内的食物呈糊状，灰灰的，还伴有股酸味。荣荣用勺子尖挑了点儿，感觉难以下咽，有一股苦涩翻搅上来，荣荣说：“叔叔，我是来帮你收拾屋子，没事。”

荣荣用了一下午的时间收拾了屋子，该洗的都拿洗衣粉洗了一遍，晾到院子的绳子上。荣荣决定什么也不说了，以后再不会见到这个老人了。

他又说话了：“闺女，只要他不伤害你，你怎么他我都同意。”

被一种难言的情绪袭击，知道再说什么都难为这个老人了。

十八

荣荣第一次走进李进步的办公室。

李进步要荣荣坐下，荣荣走近桌前掏出房产证放到桌子上。李进步看着铁锈红的房产证问：“你这是做什么？”荣荣说：“想把房产证放您这里。”李进步疑惑地看着荣荣。

荣荣说：“没什么意思，只是对您给我的帮助一个无理由的承诺。有一天我还了您借我的钱，我收回它，您只管替我保管一下。”李进步笑了笑：“我都不知道我的命运会搁浅在哪里，你放我这里，我会忘记它，况且我的事太多，哪有时间替你保存？拿回去。”荣荣说：“拿回去有可能它会永远属于他人了，而我也有可能无家可归。”李进步问为什么，荣荣讲了弟弟的事。李进步说：“给他找一份工作吧，或许工作是一个木橛子，可以钉住的他的心。”荣荣说：“绝不要。我不知道您对这个社会里的人充满了多少关爱，只是对那些，像我弟弟这样的人，一定要让他自己去学习生活。”李进步说到荣荣上次电话里的那句话，对他很有触动：“有时候在一个位置上，很少听到真话，自己便也在这样的环境中，整个人像泥塑了一样板着，等着供奉。听惯了好听话，一点儿不入耳的声音都不想听到。人为了自己的利益麻木到让所有的人都在说好听话，而我自己对一切过去的经验好像都属于别人了，我天生就该在这个位置上，或者更应该在比此位置更高的位置上。荣荣，人总是面对眼前要去进取，却总是不去想善后幸福。我说什么，别人就去做什么，我很奇怪，居然没有人和我讲道理，摆故事。”

荣荣说：“有些事情摆在那里，做什么总得做好什么，要不然他们给你摆谱的那个气场，你压不住呢。他们说好听话给你，有时候也许是害你呢。等你有一天不在这个位置上了，哪个还会说好听话？我来您这里就很紧张，不是您让我紧张。您得明白，是这个叫书记办的屋子让我紧张。能坐在您现在坐的位置上的人没有几个，我现在面对您对我的帮助，我感到了生活其实是很美好的事情，您用您在这个屋子里居住的权力去让更多的人美好吧。”

李进步坐在椅子上，拿起秘书送进来的文件一张一张翻阅，看着手里的文件说：“我也明白，这不单单是一种个人的享受过程，更重要的它是一份工作，和任何岗位上的工作一样，需要我很用心地去做，需要认真和仔细。只是坐在这里常常会产生一些欲罢不能的东西，我感到自己越走越远了，而且没有回头的迹象。但这并不是我的意识所为，我对所有的一切有说不清楚的缘由和具体动机。我渴望一个敢在我面前说真话的人。荣荣，我想和你说这些内心的琐碎，希望你理解，我的工作压力让我想在这个屋子里摆谱，我其实有时候心理很脆弱。”

当荣荣走出李进步办公室走到外面去的时候，心情得到了沉淀，其实，都不容易，只是，生活也许就应该是这个样子。

十九

弟弟在客厅里顶着秃瓢喝着一瓶啤酒看电视，他的卧室里睡着他领回来的女朋友。妈妈刚用借李进步的钱还了他打伤的那家，他又领了女孩子回来。那个女孩儿打开弟弟卧室的门，表现出很私人化的姿态和语气，嗲嗲地叫道：“弟弟，你来嘛，我要你。”弟弟说：“去！”弟弟趿拉着拖鞋站起来，百无聊赖走到阳台上去。阳台的窗户上挂着没有晾干的衣服。黄昏的天空是那样醒目和深远，荣荣站在弟弟的身后，弟弟说：“荣荣，我不找你麻烦，你别听妈的话，我压根儿就不想叫人管制，找什么工作，上什么班，我的口味不是那几个钱。你帮我摆平的事，我会记得的，迟早加倍还你。我屋子里的那个人你也别看不惯，有钱难买她愿意。我说这些，不为别的，就为了你是我姐姐。”

荣荣说：“你到底长心眼儿了，但愿你不要做一个华而不实的人。我等你说过的话应验呢，别叫你的女朋友看不起你。”

弟弟噘嘴朝着屋子里说：“就我目前这个好吃懒做的样子，她也喜欢我。这是没有办法的事情。”

突然，自家阳台下有人在骂。

“荣荣，你什么东西，你敢叫弟弟打我，你和李进步的龌龊事，谁不知道，你背着我和他睡觉，你还敢打我！”

是双喜。

荣荣说：“你刚出来就又打人了？”

“我打的是一头畜生！”

弟弟打开门，风一样提着啤酒瓶跑了出去，荣荣喊了一声：“弟弟，你别胡来！”

听见院子里有杂乱的飞速跑远的脚步声。

不一会儿弟弟走回来说：“妈的，比兔子跑得还快。”

荣荣叫他以后不要再打人了，弟弟告诉荣荣，欠揍。妈妈附和着说：“下次见了他我撕吃了他。”荣荣觉得这叫爱情嘛，怎么到最后变成这样了？

荣荣压抑着自己的想法规劝弟弟：“你占有了人家，你就得对人家负责，你长得好看，不能当饭吃，不要把努力用到想象上，你得有头脑和抱负，人家才跟你过日子。”

弟弟看到荣荣吃了财政后，人变得精神了，脸庞线条清晰，干干净净。头发没有任何修饰，黑黑的，自然垂肩。

“荣荣,我的事你别管,你说,你咋就看上了那王八蛋？”

荣荣说：“还不是想给家里找一个帮手。”

弟弟说：“呆呀，老姐，那可是天长日久啊。”

二十

单位打发荣荣和小刚一起去省城出差，原本不是要她和小刚去的,是和翠凤,翠凤要结婚了就叫小刚代替一起去。两个人坐了一百八十公里开外的班车，下了车荣荣走不动了。小刚决定就在车站附近先找一个宾馆住下。于是两个人走啊走，寻啊寻，终于找到了一家。小刚拉着荣荣的手乐颠儿走，那一刻荣荣也觉得身体特别轻盈。小刚说先要看看房子再住宿。服务员引他们走进一个标间，里面并排有两张床、电视，只是没有卫生间。小刚好生绝望。服务员说："住吧，我们这里服务好，就剩这一间了，不要你们结婚证的。"小刚看了看荣荣，对服务员说："太好了，总算来对地方了，住。"

荣荣等服务员走了，坐在床上不知说什么好。

荣荣说："这叫什么事儿？晚上我们再找宾馆住。"

小刚说："我没把你当女人看啊。"

荣荣不说话了，现在困得直不起腰了，倒头便睡，居然还打了小呼噜。

一觉醒来已经是晚上七点，荣荣太累了，小刚从外面带回来盒饭要荣荣吃。荣荣要求登记别处宾馆，小刚说："你怕我什么呢，我又不是坏人，你对我来说，我从没有把你当了女人看待。你就是一个哥们儿嘛，下午你睡觉，我去办事，累得我实在是不想动窝了。"荣荣也懒得动，反正睡的是凑合觉，两人都没有脱衣服，彼此睡在各自的床上。

夜里的时候，小刚拿出一本厚厚的书看。荣荣猜他的心思：他每天在电脑前玩彩票，他看的应该是一本专业书。不管那么多吧，他刻苦读着计划内的书，最终是要达到一个既定目标，他心中有改变现有的雄心呢，值得荣荣理解。

小刚说："你睡了没有荣荣？"

荣荣说："快了。你看的什么书？"

小刚说："闲书，一部小说。"

荣荣说："除了专业之外你还看文学作品，这是我没有想到的事。"

小刚说："荣荣，我每天都在学习，你抽时间也和你哥哥说说，基层能像我这样的人不多了。"

荣荣说："我哥哥是谁？"

小刚说："不是张书记吗？都说你有个好哥哥呢。"

荣荣说："其实，我没有哥哥，他只是做了权力范围之内应该做的事情。"

两个人都不说话。夜晚是漫长的，荣荣把寒冷的脖颈埋进棉被中，然后惴惴不安地翻了一下身体，想着自己也该拾起自己的文学梦了。以前一直是为了生计奔波，也该有人生目标了。荣荣小心翼翼地想自己的梦想，想人和人之间在某一个重叠的时光中会彼此有一种激励，而不该是去过多地猜忌，过多利用。荣荣想着就这么睡去了。

黎明的时候小刚的手碰了荣荣的手一下，一切都是无意识的。

光亮来临之后，两个人的目光互相打量了一下，荣荣说："谢谢你不用我去办事，你都办了，我们早饭后回吧。"

小刚肯定地说："回。"

回去的路上，荣荣看着路前方，转而又看窗外的风景。小刚睡着了，头靠在荣荣的肩膀上，汽车朝前晃动着，荣荣心中有一种惶惑的涟漪随着汽车的轰鸣，像窗户外的早雾一样慢慢地揭开了内心的世俗风景：有些事情和有些人，是不能认真去想的，含糊点儿，其实都是为了活着。

二十一

日子马上就进入了夏天。阳光将城市弄得流光溢彩，城市沉浸在一片温暖中。鸡冠花、晚饭花、月季花在城市的路边、墙旮旯开得正旺。这时候就有人给荣荣打了一个电话过来，是个女人。荣荣说："你为什么要见我？"电话里的女人说："见了你就知道了。"

荣荣决定去赴约。

荣荣骑了自行车，城市在改建，有一段路面不好走，荣荣推着车走，看到有人在议论，荣荣走过去听。议论的人说，执掌权柄的人一拨一拨地从城市里走过，在一个城市里不会待得太久，却都迷上了同一行为——改造城市。有哪一任能把改造城市投入到教育中去？又有哪一任能省出一个鸡蛋来送给那些学校里上学的孩子呢？荣荣不知道该怎么来和他们说话，城市弄得利落现代不好吗？！倒塌的脏兮兮的窗玻璃、路边巨大的商业画、交错的电线、复杂的各种面孔，李进步真不容易呢，想做一点儿事，有时候不一定能讨人们喜欢。不过，荣荣决定把“鸡蛋精神”传达给他，要他知道不算什么的事，指不定对老百姓是大事呢。

约会见面的地方是一座茶楼，很雅很雅的地方。

服务员看到荣荣，主动走过来领她走进二楼的一个包间。一个很有气质的女人看着走进来的荣荣。荣荣看到她面前放着一杯咖啡已经冷彻，残留的液体依然坚强地散发出奢靡的香味。荣荣笑着，想问您是谁呀？看到女人的眼睛里有泪水一样的东西不经意间充满了瞳孔。女人指了指沙发要荣荣坐下来，荣荣坐下去的时候，人全部埋进去了，背上看上去像背着一个双肩包，显得可笑。那个女人一时惊讶得瞪大了眼睛，盯着荣荣说：“我是李进步的妻子。”

荣荣动了动身子笑了，答非所问：“我也想要一杯咖啡，您不介意吧，嫂子？”

服务员进来送了一杯咖啡。荣荣说：“我去过您家，那门卫好厉害，我看到您把家里布置得很温暖。我自己做主叫您嫂子了。”

女人看着别处，开始怀疑自己生活在电影里，表情慢慢有了笑容：“荣荣，我们想象着每一个人都会有一个故事，都可以编成一出戏，可惜，他们是编戏的主角，不是我们。你怎么可以去爱上一个叫双喜的人呢？”

荣荣说：“那不就是因为，我不是生活中的主角吗？我看到那些同我擦肩而过的帅哥，或者周围那些比我更优秀、更漂亮、打扮更新潮的女子，我就想，他们更应该是完美的一对啊。我爱他没有错误，只是他很让我失望。”

李进步的妻子本来是想见荣荣，是想看看到底她是一个什么样的女人。她是在不经意的情况下从李进步的文件包里看到了一份房产证，上面的名字写着荣荣。她同时在单位也收到一封匿名信，信上说李进步包养着一个叫荣荣的女人。李进步从她这里拿走两万五千块，说是资助一个很优秀的叫荣荣的女人。种种迹象，她很不放心。她找到了荣荣，见到了，突然觉得自己的男人很需要自己去理解。

荣荣说：“嫂子，李书记是一个优秀的书记。”

女人愕然了。

因为荣荣毕竟是残疾人，小人物。许多事，她不知道，她太单纯。但，李太知道。李进步是咋回事，他的痛苦，他的被中伤。

李太自责，咋自己都不相信自己的男人了呢？

李太自豪，为她爱李进步。

黄河春涨

一

正月十五刚过，风摇醒了潼关城门楼上的檐铃，城中人便知春天不远了。

出城送邮件的人回来说，冬天已经走了，走过的地方甚至带走了留下的干雪坨子。走在大路上，手可以从袖筒里伸出来，尽管还刮着风，那风的气息却已经携带着温润的暖意。

持续几年的战乱最后结局如何，目前仍难预料，民族、前途和个人命运让许多当兵人蜂拥在潼关邮局，他们想家了，想寄一封信回去。可他们大多都是文盲，不会写信，有的连自己爸爸妈妈的名字都不知道是哪几个字。

邮局就像他们亲人似的，大字不认的当兵人一页信多半用几种颜色写，让人看了有一种仓促的感觉。字迹本不很好的一纸书信，内容亦平淡，大意是想家了，不知道战争什么时候结束，等战争结束了就回家。就这几层意思他们都无法表述清楚，来寄信的人都希望看见邮政局局长张志良的婆姨绿萍。绿萍长得面善，识字，常帮助他们写信，总是听他们讲述完要表达的意思后，在信笺上写下，然后念给他们听，经过肯定后，一封信就这样寄走了。

打问收信的日期，其实那个日期是虚幻的，也许会收到，也许会因为战争耽搁在半路上，说不来什么心情，有时候信装进邮筒了，人舍不得走，坐在邮局的排椅上不说话，想象一封信寄回家的情景。

绿萍抱着襁褓中的小儿子，和丈夫张志良，也就是邮政局局长说："是不是应该为他们找一个代写书信的人？"

绿萍的话让张志良有一种莫可名状的、近似麻木的平静，战乱中实在是不想揽任何事在身。没有回答，或者说是故意不回答，找了借口走出邮局大门，不知道往哪里去，在邮局门前没有意识地呆站着，看街道上人来人往。

有一天，邮局门口突然有人摆了一张又小又矮的方桌，桌子上摆放着一本《文学尺牍大全》，一盒墨、两支笔、一沓子信笺，信笺不用时就用一块黄河石压着，以防被风刮跑。

写信的人是一位五十来岁的老者，头戴瓜皮帽，眼睛上挂着石头镜，黑袍，马褂，瘦小的个子看上去有点儿弱不禁风。

邮局门前吃这碗饭不算稀罕，只要走过城市，所有邮局门前总有这样的人在讨食。

潼关城里知道他的人很多，都叫他“韩瓜葛”。

既然是在邮局门口等待写信，来人就喊他“潼关邮局的韩瓜葛”，似乎意味着他和邮局有什么瓜葛。说来也是，毕竟是写罢信要从身后的邮局寄走。

能够帮人写信的人，一定得有文化或文字基础，其次要多少懂一点儿法律和人情世故，再一个，不但钢笔字漂亮，还要会写毛笔字，特别是在尺牍的把握上，既要恰到好处，又要熟能生巧，只要写信人说出想要表达的意思，代笔就必须信手拈来，出口成句，让人情感熨帖。

韩瓜葛的到来引来一群当兵人来找他写信。当兵人多是穷人家念不起书，想谋出路才来当兵。写好的信寄回去也得找人念，穷人家几代人大字不识，并不少见，也希望信上不要出现太多的生僻字，害怕信寄回家读信人不懂寄信人的意思闹笑话。

去年就有当兵人寄信回去，等今年春天收到回信时，看到信上写着：“你在外面当兵保国，家里人忘不了你眉毛上担负的职责。”回信人把“肩”写成了“眉”，读信人读到此处捂着嘴忍不住笑，干脆就读成了“眉毛”，更有意思的是后面说到日常生活，信上说：“你在外面当兵无论是饭是酒，能吃到一斤的绝对是大吃，能大吃一斤的绝对是心大命大人。”

想来是写信人把“大吃一惊”写成了“大吃一斤”。

代人写信既要满足文盲群体的需要，还不能出现错别字，以免读信人理解错了闹笑话。也有辗转寄来潼关的信，收信人直接在邮局拆封了让摆摊人韩瓜葛给他们念一遍，知道了来信内容，再把要回信的事儿口述给韩瓜葛。

韩瓜葛很快就帮他们串通好文意，写出来念给他们听。他们流着泪满意地点头，让韩瓜葛把信叠好装入信封，封好口，贴上邮票，在信封上写上收信人地址、姓名和寄信人地址。信纸、邮票按成本收费，另收写信人的代劳费。

韩瓜葛的到来让邮政局局长张志良的孩子们很兴奋，常常围坐在韩瓜葛周围，在不忙时韩瓜葛也教他们认识字。

张志良有时候很好奇，走过去拿起他桌子上的《文学尺牍大全》翻看。古代称信件为尺牍，这是一本讲写信格式、文章结构的书，就像八股文一样，有一个固定的规则。除了写平安家信，还替人写“诉状”“求职履历”。所以，会写信的人还要精通“公文格式汇编”。

这个行业只能勉强维生，遇上逢年过节，往来信件多的时候，一天也能挣上一块钱。韩瓜葛没事时就看书，间或停下来摆弄手中的纸折扇，有时也有住在附近和他年龄相仿的男人们找他说话。

韩瓜葛是潼关城南街一条巷子里的单门独户，潼关城有人就想给韩瓜葛介绍寡妇，一来二往的人搞得邮局门前乌烟瘴气。

张志良一直猜测韩瓜葛是婆姨绿萍喊来的，问她，她不承认，想来她是怕张志良埋怨她掺和邮局工作。

刮风下雨的日子韩瓜葛就进入邮局躲避，不知哪一天，他的矮桌子摆进了邮局大厅，这下好了，日晒不着，雨淋不着，到了闷热的夏天，邮局大厅还有穿堂风，比其他地方凉快。这样的结果是，韩瓜葛就像邮局工作人员似的，上下班很正常，一本正经来去自由。

潼关城有人再介绍寡妇来，韩瓜葛正眼都不看，韩瓜葛似乎认为自己已经改变了身份，算是邮局人了。

局长张志良觉得这样下去恐怕会弄出啥事来，一时说不好，有意不和韩瓜葛说话，走过去脸仰着看门外，甚至觉得他的桌子很碍事儿，指着墙角处说："靠那边去，碍事儿。"

韩瓜葛急忙站起身，点头哈腰应答，和对那些有求于他的人真是两副嘴脸。桌子挪过后趁人不注意很快又占领了邮局中央地带，来回次数多了就有点儿懒得再说他，想着该用一种什么方式把他撵出邮局大厅。

没想到事情来了。

初夏午后，国民党的守城兵郭海旺扛着一袋子地黄走进邮局，多余话不说，地黄放在韩瓜葛写书信的桌子上，砚台、墨和信笺全部被震落在地上，带起来的一股风把信笺吹得四下散去，砚台不经摔，落地就碎了。

郭海旺指着邮局柜台后的工作人员说："找你们的局长，这袋子地黄最好叫他今天就寄走，我紧着花钱呢。"

韩瓜葛不干了，出溜一下站在郭海旺跟前，这时候的韩瓜葛绝对是把自己当邮局职工了，在他的心目中邮局的地位在潼关是至高无上的，没有人能够超越。

此时，看上去瘦弱的他一点儿都不示弱，一手抓着郭海旺的衣角，一手指着郭海旺的脸说："这是大清国的邮局，你正眼看看，敢在我们大清国的邮局搞事儿，你是吃了豹子胆了吧？你赔，你得赔！"

韩瓜葛跺着脚，脚的吃重点就在地上碎了的砚台旁边。

郭海旺觉得好玩儿，扯着嘴抽搐了一下，细小的眼睛眯成一条缝，他此刻的本意也许是不在乎或者傻想还有真吃了豹子胆的人。他两手一搂，韩瓜葛轻飘飘被提溜到了门外。回头看地上的砚台，知道是一个写书信的人，毫不含糊，从桌子上提起地黄口袋放地上，抱起桌子走到离邮局一段距离的大街上抬脚跺上去，咔嚓一声，桌子腿断了。

战争年代，当兵人的情绪和火炮捻子似的，一件小事惹急了，脾气都会很快点燃。他们认为自己是为国卖命的人，任何人都该是他们的出气筒。

也算是战争中的战利品。

郭海旺搓着手，刚才的某个细小环节有点儿伤着他了，看到四下里迅速围观了好多人，情绪一时高涨，走近跌坐在地上的韩瓜葛身边，指着韩瓜葛的头说："赔不赔了？"

韩瓜葛压着气说："赔。"

"哈呀，我叫你还想着赔，你这风过来抓一把的人，心念怪高。"

郭海旺扭腰歪脑想从周边寻找什么，发现一截桌子断腿，弯腰捡起。他要做什么不知道，但是，民众都是看客，都期待事情往下发展。

突然就起风了，平地一股灰蒙蒙沙土不知从什么地方蹿出，借着风的启动团过来，一时沙尘乱飞，观看稀奇事的人用袖子挡住了脸，天地混沌，一时睁不开眼。听得有人喊叫了一声，有人听出是韩瓜葛的声音，有人就说："这下韩瓜葛死了。"

狂风乱舞，飞沙走石，一阵子后，风沙驻足了，天空亮丽了许多，有人看见郭海旺倒在韩瓜葛一米远的地方，肚子上插着一截桌子腿，一摊子血在地上流动，人似乎是瞬间死亡，又似乎还有一口气，嘴角还挑着一抹趾高气扬。

所有看见的人群定格在原地，韩瓜葛看上去没有挪动的迹象，他认真送出眼睛看着和自己一样蜷曲着身体的郭海旺，知道那粗重的鼻声里冒出的那股杀气断了。

二

难道是老天收走了这个人？

当兵人迅速包围了邮局和邮局以外的街道上站立着的人群。

与郭海旺相比，潼关看客们如黄河岸上的树一样，是风沙中逆来顺受的角色，少有强悍，也没有宽阔的视野和默默的抗争。

一截桌子腿要用多重的力才能插进肉里？

何况桌子腿是死者手里的武器。

韩瓜葛被带走了，带走时人软着，骨头被抽走似的，没有二两力气。

在邮局的西边隔两家店铺有一爿小小的文具店。张志良带着十四岁的大女儿兰子和十三岁的大儿子锁子买文具，识字不多文具倒是变着花样换。风沙起时，他们又走进一家粮食店，添人增口，半月就得买一次米。张志良要大儿子锁子看人家如何用一只家织布口袋牢牢接住哗哗流下的米，看明白结果后，锁子撑开口袋接在扁平出口处，米倒进去时因为口袋偏离洒下一些星星点点的米粒，姐姐兰子蹲在地上把洒落的米归拢好，然后一粒一粒捡起。

张志良和儿子锁子说："你有一天能够单独买米买面了，爸爸就高兴了。"

店家把买下的米用麻绳扎住，要大儿子锁子扛着，兰子却喊着自己扛，十四岁的女娃，个子超过了妈妈绿萍，既然兰子要扛就让她扛吧。

这时间外面的风大了，风劈面蒙在脸上，兰子迈出粮店的脚又缩了回来，无来由地惶惑了一下。弟弟锁子以为姐姐兰子扛不动米想接过来，风挤进来让他的身体止不住打了一个冷战。

兰子说："你还是少年呢。"

兰子喜欢以年长吆喝弟妹。

也许是因为风，也许是归幸于天气，也许犹如一道老天的旨意，他们立在门前等着风过去。

风终于住了，他们走出门时看见一队国民党兵走过去，走往邮局方向。他们跟着走，看见邮局外的街道上围着一群人，拿枪的士兵走来又围了一圈，从人群的缝隙里看见地上的韩瓜葛和郭海旺。有担架抬过来，郭海旺被抬上去，两个兵拽起一摊泥似的韩瓜葛拖猪一样拖走了。

一切让张志良陌生，这陌生又使他惊奇，也只剩下了惊奇一样的，给他的陌生。

大概真是上天的旨意，无论人情还是地理，有那么一种现时的存在，摆在他面前的事实让他糊涂了。

韩瓜葛握笔的手和韩瓜葛的小心性，对一个人下如此重手，张志良怎么都不相信。

因为事情发生在邮局，张志良也被带走了。

这些都不奇怪，奇怪的是韩瓜葛承认是他杀了郭海旺。

韩瓜葛说：“杀人没有理由，只是争执把事情一步步推向了结果。”

给谁说都不会相信是韩瓜葛杀了人，软泥一样的人，韩瓜葛一定是夜路走多了自己吓着自己一回也难免，但这次遭的是大灾遇的是大难啊。

韩瓜葛坐在张志良的对面，偌大的审讯室就他们俩，张志良希望韩瓜葛说点儿啥，可那张嘴像是描到脸上的多余线条，所有的心事就在韩瓜葛的腔子里长着，费力问他话的人出去了，也许是故意让他们在一起，毕竟事情起因是从邮局开始。

天逐渐暗下来，瘦小的韩瓜葛比平常矮了有三寸，和一开始比，他冷静了许多，很安稳地等着最坏的命运降临。

张志良突然想替他做点儿什么事，即便此刻他也不知道韩瓜葛家住哪里，家里还有什么亲人。

盯着韩瓜葛看了好久，发现韩瓜葛几乎没有动，刚才他们问话的情况张志良什么都不知道，确实也是什么都不知道，因为他们之前是被分开审讯的。

张志良现在想知道了，韩瓜葛反倒什么都不说。

张志良说：“你没有杀人对不？你没有力气杀，因为你还有没有实现了的事情，比如你就想成为邮局的职工，赚一份工资，你心高着呢，怎么会杀人？你看见是谁杀了人？你是看见的，因为你盯着郭海旺，就算是风很大也有沙土，这些都挡不住你的眼睛。杀死郭海旺的那条桌子腿一直在郭海旺的手里，此时的你根本没有多余的力气。”

韩瓜葛把眼睛挪向张志良，心里七上八下，突然，他抡起拳头照着自己的胸脯给了一拳，这一拳很重，但是力道依旧不够，或者说不够杀一个人的力气。

韩瓜葛说话了：“我是一个有学问的人，替人间行善，不会指桑骂槐寒碜人，更不会拿手抓人，拿脚踢人，那些没踢着人的把鞋子脱了，用鞋底子一下一下抽人，虽然他总是十有八九抽空。我最恨的还不是他们，我恨那些看热闹的人，他们不拦挡，不怀好意看，真是老天帮我大忙啊，我就算是死也知足了。”

张志良知道韩瓜葛什么都不会说了，他不说一定有不说的道理。

平常不太爱听人讲闲话，努力回忆从潼关人嘴里听来的关于韩瓜葛的事情。有一阵子人堆里议论他，大概他有让人提神的事情，不然嘴里淡兮兮说他什么？

张志良此时实在是无法想起，韩瓜葛人鲜活，小心性很明显，那些当兵人杂七杂八的家事，由他写出来滤清寄走，他给邮局带来过热闹。虽然他总是要你生不痛不痒的闲气，但不会过于叫人计较和纠缠。韩瓜葛喜欢孩子，戴着眼镜的小眼睛看到小娃娃就发光带电。看见了总要离开座位弓着腰，俯下身，笑眯眯地对小娃娃说："当我的儿子吧。你叫我爹，你去我家，给你做好吃的，准比你现在吃得好。"

这样的话说多了，年龄太小的娃娃不明白，大一些的五六岁的娃娃，对他的这一番话也没什么感觉。只是一笑了之。

韩瓜葛说到伤感处长叹一声："我那儿子长大了，终究有一天他得认我这个爹。路弯成一个弧也有走直的时候呀，我就等着那一天呢。"

都知道韩瓜葛没有儿子，孤独一人，他这是说梦话呢。

天就要黑下来了，被关在屋子里的他们俩不说话了，一缕从高处窗户照下来的晚夕成为他们之间的分割线。或者说想说话的只有张志良，张志良想救他，韩瓜葛不需要，一副很知足赴死的样子。

张志良走到门前用劲拍门，没有人来也没有任何动静，外面静悄悄的。想来绿萍和孩子们等着急了，超过二十四小时他们就得放他，他倒是不怕，但是韩瓜葛的明天呢？

掌灯时分有人开门让张志良出去，韩瓜葛继续留着，告别时张志良居然看见韩瓜葛的脸上挂着神秘的笑容，是满足，是踏实。

张志良拿手按住胸口，像是吃了一只兔子心，韩瓜葛神秘的笑让他顿生疑惑。

张志良被领到警察局局长李双旺办公处。

李双旺很不高兴地指着张志良说："你怎么总惹是非，你那邮局里一定有什么东西藏在暗处，这回事情大了，那个韩瓜葛手没有二钱力气居然承认杀人，那是我的兵，没有死在战场上死在你的邮局门前了。你要我怎么向我的弟兄交代？"

张志良说："事不由人，天王老子也干瞪眼。"

李双旺说："你是想糊弄一回是一回。潼关街上抬头不见低头见，日子长了，你也许不是坏人，但是你下边的人里绝对有问题，我警告你，你也别庆幸你的作用，你已经给我添了大麻烦了。"

张志良问："韩瓜葛是不是真得顶命？"

李双旺说："他妈的，顶命都便宜了，我都想在你邮局门前千刀万剐他。"

张志良说："人肯定不是他杀的，他知道是谁杀的，是他最亲的人，但是那个人一定找不见。"

李双旺一时来了兴趣，他不相信屁大个潼关城找不见这孙子。掘地三尺也要找出来！

张志良其实是想延长一段韩瓜葛的命，可是他实在没有想到他最后成全的是一家子的幸福生活。

三

即将进入五月，关中平原上耐看的花就数桐花了。桐树树干直，枝肥粗，树皮青色，平滑，满树冠都是花。桐树的花，繁茂，花期长，形状如喇叭，吹奏着时令的热烈。

谷雨的第二天，上游不知是哪条河发大水，黄河、渭河、洛河三河交汇处，洪水开始涨起来，场面小有规模。河水一旦要涨了，潼关城里的男女老幼都紧着往高处看涨河，一路上一团一团的桐花落在地面，桐花的水分不足，脚踩上去走过，有弹性地又恢复了落花时的样子。

小孩子捡起吸吮桐花喇叭嘴上那一丝甜，像看西洋镜似的高兴。

张志良领着兰子和锁子还有绿萍往城西边的三河口走，走往河堤的一个高台上，此刻望过去，河滩阔大、空旷，似乎在无限扩张，又有所节制地控制着范围和程度。于是，就觉得只有千万年的生息，才造就了河流在大地上收放的尺度，也留下这深浅不一的印痕。

渭河清澈，黄河浑浊，交汇融合的水面，水色不同。渭河是黄河最大的支流，洛河是渭河最大的支流，在加入的过程中，都成为黄河的浩荡。

流向也许相同，也许各有曲折，每一条河都有自己的切口，都是为了接纳和汇合，而大地的高低才使所有的河流不论叫什么，都能开辟出属于自己、属于河流这个共有名字的河床。

视线下河面宽展，河水的颜色和河滩的颜色相近，只有借助翻转在水流表面的阳光的光斑，才能清楚辨识。此时的河水是静谧的，巨大的静谧，由此，河流上空的空间能够感知，也可以感应。听不见水声，水流似乎移动着，又如同停在原地。偶尔传来鸟鸣的声音，那么响亮。水鸟有飞的，有在滩涂上啄食的。都是成群的，数量却不多，四五只一群，十多只一群。有的水鸟群，水鸟小巧、精致，腿细长，在一起也显得分散；有的步调一致，翅膀展开，贴着水面飞，颜色洁白，醒目。

黄河在这里有九十度的急拐，没有看到剧烈的水流，河面是平坦的。

河还没有涨起来。

警察局局长李双旺也领着他的家人来三河口看涨河，一家人中有一个小伙子十分扎眼，集合了李双旺夫妻的优点。在三河口碰面了，互相介绍家里成员，李双旺指着扎眼的小伙子说："这是我的大儿子，叫李咏恩，在西安铁路上工作。"李双旺看着兰子，兰子突然就长成大姑娘了，又看了看自己的儿子说："张局长，咱们也许可以做亲家呢。"

兰子毫无顾忌地看了李双旺儿子李咏恩一眼，绿萍觉得兰子缺少女娃家的羞涩，拽了拽兰子的后衣角，兰子越发无所顾忌地走近李咏恩问他一些西安城里的事情。

别说是亲家了，李双旺这个人张志良都讨厌他。

张志良很想问李双旺一些韩瓜葛的事情，实在是当下的李双旺这句话叫他烦恼，张志良礼貌打了一个招呼领着家眷往更远更高处走了。

平静涌流的黄河，衬托着远处葱茏的山峦，身后的潼关城黑墨的瓦楞，显得轮廓分明，灰砖墙上紫红的门窗，滚圆的穹隆，平整的栏杆和翘起的城头上的檐角，都在亲切地挽留着人间的美好。只有战争，睁着专注的目光，是想要把多少人送入波涛滚滚的河水中，谁也不能遏制暴行，河水也不能，拯救民众苦难的奇迹会是谁?

张志良渴望和平到来，渴望神化的灵迹和宗教的幻影。

这时候，水面上竟然过来了一条鞋壳船，很小，一边一个船舱，娃娃那么大，中间架板连接，人坐在架板上，两只脚分别踩在两边的船舱里。让潼关城看涨河的人吃惊的是，一边的船舱里竟然坐着一个婆姨，多半个身子倾在船体外。这样的小船，行驶在黄河的水面上却稳当、灵活，能捕鱼，能运送货物。

更让人们吃惊的是，坐在船上的人一脸平静，脊背端直，缓缓从水面上过去了。

所有人都看着鞋壳子船走近。

“河水深吗？发大水船要翻船了。”绿萍问张志良。她担心这小船的安危。

潼关人有一句话，黄河没有底，大海没有边。

只是这种船，几千年了，就在潼关的黄河上游走，风大浪大自然不出来，此刻出来有一种谜团要解开的感觉。

船推向岸上，后生牵着小脚母亲的手走往城门口不见了。

这时候黄河第一个洪峰涌过来，掀起数丈高的浪，黄色的浪闪耀出明亮的光芒，浪涛声袭来，轰鸣入耳，看涨河的开始大声吼叫，孩子们捡起石头朝着远处扔，石头空洞，跌落在岸上，没有任何声音。

黄河春涨，是“潼关八景”之一。

每年开春，黄河冰层化开，由于前后河段化冻时间不一，上游的冰块下来，下游的冰面还在，就产生挤压、碰撞，河面抬高，大的冰块屋檐一般，那声音钻心呢。

此时是五月，是上游发大水了。

远处突然传来嚓嚓声，看涨河的人们以为是对岸的火炮声，仔细听又不是，不知道是谁突然指着远处喊：“快看快看，河床涌满了，水长了嘴，开始咬人了。”

岸上的水鸟扑棱棱飞起来，又一个洪峰掀起，上游的干柴随着洪水涌入黄河，甚至有上游冲下来的家畜，一头牛圆鼓鼓漂浮在河水中，接着几只羊。

以往潼关城里的人都要去河边捞浮财，战争剥夺了他们走近眼前的欲望。

洪峰过去，河水混浊了，越发的黄，黄色的光芒照亮一片天地。

看涨河的人陆陆续续往回走，张志良一家大小走回邮局时，邮差程旭东告诉说，杀人犯找见了，果然不是韩瓜葛，是另有其人。

谁呢？

韩瓜葛的私生子。

发大水前从马家寨子过来，他娘领着他划鞋壳船过来认爹，自觉承认是自己杀了郭海旺。

果然有了谜底。

韩瓜葛是潼关南街识字人，肚子里有二两墨水的人喜欢逛花街柳巷，早些年韩瓜葛在潼关花巷子认识了妓女崔雪婷，两人碰面无非是灯红酒绿、逢场作戏而已。不承想双方动了真情，于是便有了故事。崔雪婷喜欢韩瓜葛文绉绉的样子，情深意浓时，说话肆无忌惮却不带一个脏字，“相连两乐事”，几日不见一封书信送来了，怀春女人的自然本性被一封书信撩拨得神魂颠倒，她将要面对的夫君是一个多么有才华的男子，梦幻和现实中的爱情得到了完美的结合。

韩瓜葛不属于那种为女色常混迹妓院的人，只是偶尔为之。

潼关不大的地方，抬头低头总有人会看见韩瓜葛入了妓院，韩的父亲是当地的秀才，脸面上挂不住便不再让他出门，想把他送到离潼关不远的华阴去代人书写文书。两个人最后一次见面时，崔雪婷发誓永不变心只等他归来，韩瓜葛还拔了一颗牙齿作为守誓信物。两个人分开时韩瓜葛不知道崔雪婷已经怀了他的孩子，妓院要求崔雪婷打胎，她执意不干，最后带着肚子离开潼关回到马家寨子嫁了一个农民。

人世间的道理说不清，崔雪婷为姚姓人家的男人前后又生下了三女一男，对于自己的长子，她始终不让姚丰龙喊丈夫爸爸，虽然姓姚，但是平常只能喊叔叔。农民家庭对有知识的人充满了敬重，韩瓜葛是一个心结，也是崔雪婷的一个荣光。

韩瓜葛始终不知道自己有这样一个儿子。他结婚没有多少年妻子就病逝了，无子女，独身至今，虽然不停有寡妇上门骚扰，始终没有传出风流佳话。他的处世风格一贯把自己看得很重，一辈子就想进公家门端公家碗。他的臆想，实在难以实现。

还好，这种想法突然有一天被绿萍看中了，一来，邮局需要做一件善事代替人写书信；二来，孤身一人的他也是一个首要人选。绿萍可怜出门在外的人，也可怜他。好事做坏就有了后来。

那天风大的时候恰巧遇见姚丰龙在潼关买布，崔雪婷要儿子扯一丈红布、一丈白布，婆婆做寿，红白布不能少。走过邮局门前看见围了好多人，有人说韩瓜葛惹事了。

这个名字在姚丰龙成长的耳朵里神一样存在。这个人应该是一位仪态万方的人，哪想却是一个面黄肌瘦的糟老头儿，不过鼻梁上架着的眼镜又有几分斯文气息。那个叫郭海旺的人太傲慢无礼，欺人太甚了，多次讥笑一个手无寸铁的读书人，当他看见郭海旺拿起桌子腿举手要打下去的时候，机会还没有垂青于他，老天突然照顾了他，风沙起了。

他只是挡了一下郭海旺的手，郭海旺的劲儿用得太大了，自己插进了自己的肚子里。

看见血流的瞬间骨肉亲情来了，他小心叫了一声："爹，我是崔雪婷的儿子，你是我爹啊。"

韩瓜葛大叫了一声，心里一阵子酸楚，此时此刻，没有难过，也没有眼泪，一片爱子的舐犊之情，已入不惑之年的韩瓜葛知足了。他让儿子快走，趁着风沙离开。等所有的人睁开眼看到现场时，郭海旺的肠子一嘟噜摊在地上，所有人被吓得屏气敛息。

崔雪婷陪伴儿子来解救父亲，他要儿子复述如果不是那一挡，死者就是韩瓜葛，韩瓜葛是正当防卫，不该死。

谁都阻止不了崔雪婷这样想并按照想法去做这件事，她认为天要塌了，她是那个顶天立地的人，她要救孩子的爹，无论好坏，是一家人团聚的时候了。

活在世上的使命已经结束了，或者说，她就是来陪死的。

四

枪毙韩瓜葛一家三口是在五天后的午后。潼关城老百姓争先恐后前往关圪塄看执行枪决。

一家三口五花大绑，先是在潼关城游街，街道两边黑压压的人群张望着，看的人并没有觉得死亡有多恐怖，甚至嬉笑着端详父子俩是否长得一个模样。

绿萍吓得要命，准备了一些纸钱想在枪决后烧一些送他们一家上路。

张志良琢磨着，死后谁来收拾他们的尸体？甚至想着要不要出门看韩瓜葛最后一眼。

女儿兰子领着弟弟锁子和妹妹惠子早就挤进了人群看枪毙人，密匝匝的人群中韩瓜葛往日故事在人们的议论中此起彼伏，有点儿走形走样。

游街人走到邮局门前了，突然人群停止了热闹，张志良不由得也走出去看发生了什么情况。

但见韩瓜葛一家齐刷刷面朝邮局跪下来，戴着手铐脚镣又插着亡灵牌，就算是跪也很艰难。看样子是三个人互相搀扶心有灵犀一起下跪，这一跪想来是有后事安顿。

看见站在邮局门前台阶上的张志良，韩瓜葛笑了，他的女人和私生子朝着张志良也笑了，押送他们的兵用枪托敲打他们要他们赶快起来。张志良怦然心动，鼻头一酸，不自觉地点了点头，韩瓜葛一家人的笑容让他有一种来自体内的个人历史被中断的疼痛。

这一家三口看上去甚至有点儿丑陋，被刑具折磨得像三张被揉得皱之又皱的纸团，但他们一点儿都不为这样毫无尊严的赴死而感到羞愧，异常快乐的决绝，甚至伴随的勇气让张志良嗅到了一种曾经被热烈抚摸过的生命之香。

没有什么可让他们懦弱，也没有什么可以打倒他们，没有什么比这样一幅画面更强大的了。

热闹声再一次出现，张志良感觉此时的屋宇在天空下正变得灰蒙蒙一片，而此刻他突然想起了他的瞎子父亲，很久没有想起过他了，活着，一些俗常的当下事情总是代替那些从前的往事。

是韩瓜葛让他想起了故去多年的瞎子父亲，或者说是临危不惧的笑让张志良想起瞎子父亲。一种陌生的力量让他在屋檐下来回地走动，那些喜欢热闹的人们已经走远，街道两边低矮的居处，在夕阳下伸出老长老长的灰色阴影。

张志良站在这样的时间中仿佛经历着一些早已忘却的回忆过程。

瞎子父亲会捏骨算命，他活着时说："穷人最怕愁相，就算是死也要笑着面对，那是人的正经模样。"

有一种情绪带着张志良走过街道走往一家棺材铺子，他以邮局的名义订了三口最便宜的棺材，想象一家子合葬在一起的幸福，他便也笑了。

棺材店老板看着潼关邮局张局长笑，便也笑了，心照不宣，似乎都想到一起了。笑容背后的意思却不一样。

棺材店老板说："临死赚了个满贯。"

来自体内的疼痛感觉来了，张志良开始使劲回想韩瓜葛的样子，还有他的女人和私生子，像做梦一样，他们的笑容是最后的满足吗？是什么力量？爱情？活着就是为了最后的团聚，假如韩瓜葛没有发生这些事？

生活没有假如。

看枪毙人的看客陆陆续续往回走，说不上每个人脸上挂着一种什么情绪，每个人对事情评说的砝码移来移去都有各自的解说。儿子锁子似乎比往常坚强了很多，有些兴奋地说："枪响了，还没有发现子弹，就看见地上躺着三具死人。"

二儿子锡锁子拉着绿萍的手，小手冰凉冰凉的，他很害怕，但是却异常的平静。只有女儿兰子很兴奋。

兰子补充锁子的话说："他们一家子互相看着，那年轻人大声喊了一声'爹'，他们就死了，他们的脑袋里装满了糨糊，有人说那是脑浆。"

绿萍惊讶地看着女儿兰子。

兰子说："这个世界上只要不怕死就没有可怕的事情了。

那些嘲笑他们的人被那一声‘爹’镇住了，好多人哭了。大锁子、锡锁子，你们要想长大了像条汉子就一定要从现在开始不怕看见死。”

张志良再一次惊讶地看着兰子，这一看吓了他一跳，兰子怎么长得和他死去的母亲一样？他的死于鼠疫的母亲，唯一的区别就是性格，母亲的性格是温婉和懦弱的，兰子的性格是坚毅和野性的。

张志良开始不安，认真观看他的子女们，他们的行走姿势、声音、微笑，以及走在潼关街道上向天空下一棵泡桐花树走去时的芳香心情，都在他的揣摩中。

邮局雇了人在傍晚时分埋葬了韩瓜葛一家，没有请阴阳看风水，就枪决地附近埋葬。绿萍让丈夫去坟地化了一些纸钱，说不清楚为什么，她总觉得身后有什么动静在晃。

坟地的四周出奇安静，张志良脑海里一直是韩瓜葛的影子，在他面前低三下四的样子，他从来没有给韩瓜葛传递过关怀和爱，韩瓜葛的生死对活着的人来说是一个传奇。或许只与这世界上的情感有些瓜葛，他的出现和死亡让人怀疑人世间有一双看不见的手在布局，没有人对死如此满足，如此，真让人充满了浮想和暗示。

夜里无法入睡，前前后后想一些事情，初夏的喧闹被一种生机盎然的落寞笼罩着，很容易在这样的季节里陷入亢奋和幻灭交替的困境。夜静如水，张志良的眼球似乎加了滤色镜，窗户上的月光变成了灰蓝。蒙眬中，他惶惑看见了韩瓜葛走过来，一身黑色罩衣，和活着时的模样一样，整个画面都是土黄色的，唯有他的脖子上的一条土布围巾，微微露出一丝喜色。他的背后是大片的高粱地，地中间似乎在修造一座房子，一个女人小草一般无力地在高粱的叶尖上飘来飘去，她是轻灵的，也是喜悦的。

此时的韩瓜葛回头张望，给了张志良一个背影，韩瓜葛想说什么似乎什么也说不出。张志良努力让意识清晰，看见对面衣橱顶上绿萍用布头做的一排布娃娃，红衣绿袄，憨态可掬。张志良想刚才是睡着了，难道刚才的梦是一个隐喻？

韩瓜葛过头七，张志良和绿萍领着子女们又去了一趟韩瓜葛的埋葬地，绿萍居然发现他们的坟包不远处有一棵桃树，星星点点的桃子，指头肚大小。去冬的青草大片泛绿，远处小河的水流宁静而舒缓，小鸟的唱此起彼伏。孩子们四处而散去追撵起起落落的小鸟，独绿萍守着一片紫色的鸡冠花认真看，没有人迹的践踏，这一片鸡冠花显得无比纯净。

张志良在坟包前站着想：这地方住人真好。

兰子跑过来问：“爸爸，韩瓜葛死后会不会还有‘韩瓜葛’出现在潼关邮局门口？”

绿萍说：“人死如灯灭。”

张志良说：“韩瓜葛黑纸白字了。”

望穿秋水

一

1961年夏，李坊村的闫二变十六岁了，要在旧社会她都该嫁人了。眼下的闫二变还没有婆家，娘极力主张找，再不找晚了。闫二变靠在门框上舒展了一下眉，这个月光浸透小院的夜晚，爹在院中央收拾农具，闫二变展眉之下把娘的话当了耳旁风。

娘在院子的屋檐暗处叫二变离开屋门，门脑上长了一个马蜂窝，很小，像一只耳朵，倒悬的蜂窝上三五只马蜂拱出了几个葱管一样的蜂房，娘怕马蜂叮了二变。

爹抬了一下头，嘴里叼着旱烟，黑黝黝中明灭了一下，他看到二变嗔了娘一下，抿着嘴笑。爹的手像树皮一样粗糙，微弱的光亮推动了二变的心思，有爹闫五则在，明天一定是几丈阳光的好天气。

二变爹闫五则主意很正，就这么一个妮子，闫家人丁不旺，日子使不上劲，李坊村人背后指指点点笑话闫家哩。眼下妇女是半边天了，世道要变了，有一股强大的底层妇女主事的气流在游动，对于自己的妮子，他看到了未来。闫五则想，要想在世上扳回闫家的脸面，就得从妇女能顶半边天上起事，泥窝窝里也能飞出金凤凰。农村人往哪儿混？单听村名就知道，那是李姓人横行的地方，事实上也就是李姓人横行的村庄。村干部都是李姓人，闫姓人的祖先是逃荒过来的，几代过后在李坊村也才混了个“知道有这么一户”，闫二变想混出头脸怕是难了。尤是一个女娃家。

秋天说说话话就到了，天高气爽，队里忙着收粮食赚工分，一个忙字把闲余的时间都打发没了。收完秋，地上是一片衰败，风在裸露的土地上横割竖割，妇女们在地头捡拾秸秆中遗落的秋粮，有人就想给二变找婆家。

一听找婆家，闫二变突然觉得衣裳变得又轻又薄，风像水一样轻易就浸过来直抵她的五脏六腑，闫二变对“找婆家”开始徒生畏惧。

风带给二变最初的激灵过去后，她看到丰收顽固持久地挂在李坊村人的脸上，那是李姓人家才有的自信。妇女不甘心，说要找的婆家是李坊村会计家的晚生儿李要发。这无疑是烂泥里插了一个炮仗，一声响后，烂泥就开了一朵坑花。闫二变不由得急慌了一下，心里揣着个兔子似的，有一股野性的力量在蹿，风突然改变了方向，放眼望去的田野上不再是灰秃秃，是暖和的风，脚下的步子也迈得格外轻巧。

泥土的香味催开了少女的思想，闫二变从心里确实看中了会计家的晚生儿子李要发。念想来时，一天不见到李要发二变心就痒，有事没事游荡在李会计家门前。人家晚生儿对她没多大意思，这件事闫二变没看出来，也没想到是村里李姓人家小瞧他闫姓，闲余拿二变开玩笑。但是，二变爹琢磨出来了。

爹看见丢魂落魄回家的闫二变说："你是不是耐不住娘家的日子了？"一时的话里的意思没明说，二变抬了头看爹，爹也看闫二变：一双剑眉，两只眼睛又大又亮，圆圆的鼻准，厚厚的嘴唇，鼻两夹有十来粒雀斑，就是皮肤黑了点儿，一个健康的好闺女。闫二变明白什么似的念叨了一句："爹泼泛人呢。"讲这句话时闫二变显得明眸皓齿的。爹笑了，自尊自强的一个闫姓人家的好闺女。爹在闫二变身后喊道："李姓娃见了姓闫的五则同志连个叔都不喊。"听话听声，锣鼓听音，二变听出爹的话里有内容。

相思的秋天就这样过去了。

二

这一年的年关，二变想把自己家的两间土房用书纸贴一下，土墙年久失修，墙皮往炕上脱落，反正二变不读书了，要书没用。二变妈糊了糨糊，二变一张一张拆开书往墙上贴。书不够贴墙，二变就去找会计儿子李要发要旧账本，会计家的旧账本多得都用来擦屁股。有一天，二变等李要发时眼看要撞见他妈了，躲进茅厕闪惊慌时发现的。

第一次进会计家，发现人家的墙上贴下的都是奖状，都是报纸。由于报纸都比较大，内心还真觉得会计家比自己家要高出一等半等似的。闫二变的心惶惶的。李要发问二变要旧账本做啥用。二变说贴墙，书纸不够。

李要发惊讶地说："你把书都贴了墙？"

闫二变说："反正不计划念书了。"

李要发说："你不念书，心里就装不下一本变天账。"

二变说："啥叫变天账？"

李要发说："在你假积极爹的肚子里装着。"

二变很没趣，很想再听李要发说点儿啥，哪知人家闪下她抬脚走了。满屋报纸如梦如烟，闫二变很好奇，想看看那报纸上都写了啥，只见李要发妈脱下自己的鞋扔向门外的鸡："谁家的鸡，隔过院墙就敢来偷食，穷命鬼！"

闫二变走在李坊村街道上，冬日暖阳照着阴坡的黄草，穷人家的后代在茅封草长的山道上能走多远？闫二变想哭，看到自己家颓墙败壁的窑洞，爹站在门口，她觉得李坊村的街道真短。

闫五则说："他走他的阳关道，咱走咱的独木桥。"

二变闭上了双眼，让黑色幕布覆盖了自己的世界。

进入年关，闫五则从生产队领回来一项任务：快过春节了，过春节人们自然要改善生活，吃得好，产生的粪蛋子自然就质量高，在这个时候去积肥不啻是一个大丰收。会上队长问哪个愿意大过年出门进城为生产队积肥。凡是舍下年外出积肥的都给高工分，往返的路费和吃住都给报销。闫五则毫不犹疑领了这项任务。

开完会回到家里，闫二变问："开的什么会呀，爹？"

闫五则说："积肥会。"

女儿："啊。积肥还要开会？"

闫五则说："不开会不能统一思想。"

二变说："啥叫统一思想？"

闫五则说："就是把思想顺成一个方向。"

闫五则进一步补充说："一颗粪蛋一颗粮，没有粪蛋粮不长。城市里人吃得好，产粪多，爹明天就乘这个正月天去城里给生产队农田积肥。"

没有等爹说完闫二变就抢了说："爹，你要领我一块儿去，去看一看大地方是不是？"

闫五则想了想，大过年的，走外的人都是寒酸人，叫妮子去不去呢？她如不想在家过年，一定是把简单的道理弄明白了，知道人家李姓会计的晚生儿不想跟她谈恋爱。

闫五则说："出了门啊，可是要受罪啊，寒冬腊月受罪不暖和不说，还要受城里人白眼。"

闫二变猛地坐起来说："白眼经见多了长志气呢！"

这句话闷雷似的击中了闫五则，他其实就是想带着妮子出门，凡事都有起步，没有苦中苦哪有人上人。窗户外的雪开始下了，应了老话，干冬湿年。雪中隐藏着说不出的恓惶，那种恓惶好像在世间某个角落一直潜伏着。闫五则望着无边无际的雪花，恨不得整个村庄都白了。雪都是从天空下来的，可是为什么一样爹娘生养的人，命不一样呢。

三

腊月二十六，闫二变和闫五则冒着风雪拉了粪桶进了太原城。父女俩先是找了城郊一个农村住下，讲明白自己是乡下人来给队上积肥，积下粪满院子有臭味，可这都是为了集体。腊月天积肥舍下年不过，叫城里人高看一眼。房东是一位老太太，听父女俩大腊月天来给生产队积肥，受了感动似的叫他们父女俩住下了。

过年了，二变没有新衣裳。

闫五则怕妮子难过，开玩笑说，搁不到年这头，能来城市过个年依赖好社会，李坊村李家人就算是穿了新衣裳脚踩着的也是乡下土地，咱是为了集体，天大地大集体大，妮子，心里可明白这个道理？闫二变知道爹是怕自己心里不好受，安慰爹说：“李家人没有闫家人境界高，闫家妇女自小就有志在四方的志气。”

正月天淘粪，一些城市人就张了血口骂：“种地人进城淘粪，也不看个时晌，搞得一正月天都是屎巴巴，死气。”

闫二变不仅没有看到大城市的好处，还受了一肚子委屈，白眼经不住天天受，夜里躺在被窝里偷着哭。闫五则知道女儿哭了，就把手放在女儿的被子上说：“妮妮家有啥可哭？又不是不知道出门是来受气的，受气也是给公家受气呢，咱身后有生产队这个大靠山你怕他们啥了？！”

闫二变说：“城里人吃粮食，就不知道粮食是粪养的！”

闫五则说：“闺女可算是说好了，城里人不懂事理，我妮懂！你可是小学毕业的青年啊！不闻大粪臭，哪得粮食香。”

闫二变把头伸出被窝，表示了要听爹的话，知道了香从臭中来的道理，心里想那些城里人都是一些香臭不分的家伙，不值得为他们生气。

寒风刺骨的季节，天不明闫二变就起床做饭了，吃完饭拉上粪桶去淘茅粪，闫五则淘男茅房，她淘女茅房，淘完后一车一车运到住地，搅匀摊好，晒干后再垛起来。

时间长了，城市里方圆的人都知道附近有父女俩来城市积肥，上学的大孩子里有人觉得闫二变是有伟大理想的人，有的就把家里的小人书送给闫二变看，有《小英雄雨来》《鸡毛信》《海鸥崖》等。尤其是后来一个戴眼镜的瘦高个子男同学送给她一本《山乡巨变》，让闫二变大开眼界，更坚定了自己为李坊村生产队积肥的信心。闫二变朝瞅暮瞧，总怕自己一身的粪气污染了小人书，要洗几遍手才要翻着看，并不时回忆给她书时的情景——闫二变说："我怕看坏了你的书。"男学生说："看坏了我买新书送你。"闫二变就哭了。男学生很慎重地把小人书放到闫二变手上。

男孩子说："别哭，世界上的事，劳动最光荣！"

从那以后，闫二变就不去焦苦焦苦地想李要发了，只拿李要发和城里的人比较。生活的不尽如人意都要坦然面对，生活是无尽的劳动，因为劳动被城里的男孩儿表扬。劳动光荣，想起李要发家墙上贴的奖状，那上面就写着"劳动光荣"。闫二变一定要得一张奖状也贴到自家的土墙上，为了将来的那一天，酸甜苦辣算什么！

夜里父女俩看着渐渐堆积起来的肥，心里有说不出的高兴。一些流浪在城市里的人也凑到院子里来和他们父女聊天。有三五成伴，有萍水相逢，但同是天涯谋生人，有着类似的不同甘苦，因而就有无限的共同话语，话语中少有酸楚和哀伤，多有黄连树下唱戏——苦中有乐。人一旦亲近了劳动，臭也闻着是香，瞅着瞅着，恍惚看见了金灿灿的粮食排山倒海而来。

四

冬季刚刚过去了，春天还没有来临。人们都还穿戴着防寒的肥厚的衣裳，树的枝条开始返青，冬天蕴含在土壤中的养分通过躯干射向枝条，向天空输送了精神。

去冬的不快因为发青的树的躯干让闫二变心情好了许多。那是一个向晚的黄昏，瘦高个男生骑了一辆自行车来到闫二变租住的院子里，他围了一条围巾，那围巾是一前一后耷拉着，像电影里的“五四”青年似的，让闫二变看到了激动的画面，不由得和村庄里的会计儿李要发又悄悄比较起来。人和人是不能比的，其实还没有来得及比，她就发现了自行车后座上还驮着一位女学生，女学生脖子上围了红围脖，两条油黑的大辫子在胸前挂着，一双眼睛不大却水汪汪的，闫二变在她面前显得很不自在。

闫二变进屋子里洗了手换了衣裳出来时，看到那女学生两只手不时地在鼻子前扇。瘦高个的男同学显然是想和对方沟通，想让她知道社会上还有闫二变这样的妮子，不能仰仗了自己的小姐脾气不懂得尊重人。看看有理想的人是什么样子吧！男学生指着闫二变。女学生瞪了眼睛看闫二变，一步一步地往后退。瘦高个男学生突然拽了女学生的手要她走近闫二变，女学生撅着屁股不走，到底还是把她拽到了闫二变身边。女学生干脆用另一只手捂严实了嘴和鼻子，闫二变不知道自己怎么啦，好久都没有照过镜子了，想说话说不出来，底气不壮的样子。自己身后可站着李坊村的全体农民呢，怎么就底气不壮了呢。木木地站着有一会儿，女学生憋不住了，松开手“哇”一声开始呕吐，瘦高个男学生丢开对方的手时，女学生站起来跑了。

瘦高个并没有去追对方，拉住闫二变的手说：“你才是我们祖国未来的希望。”讲完后从书包里掏出一本小人书《山乡巨变》，放到闫二变手里扭身走了。

闫二变的手第一次叫男人拉，拉得紧，心无端泛出了春潮。地上的粪也没顾得上搅拌，站着，一直到爹淘粪回来。闫二变破天荒没有做晚饭，捧着小人书在灯下看。爹说：“你迷瞪啥呢？”她说：“看小人书呢。”闫五则看到小人书是看过的，就说：“老看有啥意思？”闫二变很严肃地告诉爹：“未来的李坊村像图画一样美！”

她想大声笑，心里默默地笑不出来，她想大声喊叫，可声音却像从嗓子眼儿挤出似的，她的脑海里一片光亮，她似乎看见了满窑洞的土墙上都是奖状。思维断断续续，一夜里《山乡巨变》和李坊村搅在一起，分不清画儿中的是人间还是人间在画儿中。

爹早上起来喊她才打断了她的梦境，睁开眼时，天早已大亮，外面的粪臭飘进来，淡淡的，很香，像春天的青翘花（连翘）一样香。

瘦高个男学生再没有来找过闫二变，她很想见到他把书还回去。可是对闫二变来讲，这是一件难事，一不知道人家在哪里住，二不知道人家叫什么。心里搁了事儿淘粪时就多长了心眼儿，不敢明目张胆问，就绕了弯儿打听扎了长辫的女学生。她不说对方的好，只说对方长得不好看，好像思想不对头都要影响了对方的外貌。打听来打听去却是一直没有结果。

有一天，闫五则说："不淘粪了，歇两天，单等清明前后拉了干粪返乡。"

歇下来时闫二变心里一下就空了。

在城里走走看看，发现城市真好。春天的风飘逸中带着一股芳香，城里的男人和女人破天荒长得都好看，走在大街上都显得富有朝气。时代在城市里变了，在乡下没有变。城市让二变开了眼界。

她瞅着一个好天气，鬼使神差走到城市一座高楼上，正是夕阳西下时分，那天的落日格外红，照得闫二变风吹日晒的脸红扑扑的，照得窗户上的玻璃也都是红扑扑的。二变站在楼顶上喊："你在哪里啊？你知道我的脸为什么红吗？你说劳动最光荣，可我找不到你呀，我的脸再红你也要看不见了！"

落日似乎听到了二变的询问，那奇异的景观，云彩如嶙峋陡峭的岩石。闫二变想爬上去，爬到最高处，让她的喊再大声一些。攀爬的过程差不多就是临危的绝境状态了。脚踩岩块，手扒岩面，在将要失去重心的一刹那必须抓住削如刀面的岩石，那鲜艳夺目的高处就在眼前了，身后一个人用他粗壮的手臂抱住了她。二变回过头时看到了闫五则，她的脚下就是楼下的街道了。闫五则神色惊恐地看着自己的妮子，风吹日晒的脸如墨如黛，闫五则说："清明，咱李坊村生产队要摇耧下种了！"闫二变惊慌地看着脚下："爹，我恍惚了一下。"闫五则突然想起来妮子为了积肥过年都没有吃上肉。

五

返乡的日子说到就到了，队里来了十辆马车，前前后后装得和小山一样肥，拉了一星期，最后一趟闫五则和闫二变收拾停当家什也随了车离开。

黎明时分，最后一队马车浩浩荡荡穿太原城而过。闫二变坐在马车的前帮上，两只脚时不时地扫一下马路，数着路两边的电线杆上的电灯。胶皮轮胎走在柏油路上的声音怪怪的，像狗馋食时的怪叫声，一声声近来一声声远。小书包里的小人书很不安分地跳动着，马车的起伏让坐在车帮上的闫二变心里有说不出的不舍和难过，却也起伏出了几分骄傲。这是一群从城市抵达乡下的人，马车和人的脚步声零乱地叩击着太原迎泽大街的早晨。路灯黯然了，就快要大亮的天色，忽然又黑了一阵子，在黎明前的黑暗下，有赶车的车夫问车帮上坐着的闫二变。车夫说："二变，在城市里积肥，城市里的人不嫌你臭吗？"闫二变昂着头说："谁嫌粪臭，那是他没理想，思想不对头。"

早晨通体透明，一路上的粪香味儿弥漫在太原城的上空，有早起的人闻了半天，感觉像南方的茉莉花茶的味儿。

1962年闫二变和她爹为李坊村生产队积肥二十五万斤。李坊村干部决定表彰闫五则，闫五则据理力争要大队表彰闫二变。闫二变年底时被公社披了红花。闫五则觉得闺女给闫家挽回面子了，赚足了面子不是主要的，主要的是闺女该找婆家了。

闫二变是披了红花的人，一般家庭不敢来问，闫五则就又想到了会计家的晚生儿李要发。闫二变披了红花，人家娃见了面也开始叫叔了，说明人家娃有回转的意思。闫五则斗胆叫支书做媒说合，支书欣然应允了此事。

闫二变知道后反倒不同意了。

村庄像煳黑的锅底一样，支书和闫五则、闫二变站在院子里，明天清早闫二变要去县里受表彰，支书想叫会计儿李要发跟了到县里。闫二变说："不需要。"出去积肥的时间里，有些东西扯断了闫二变对李要发的好。眼界开阔是一方面，另一方面是在艰苦的环境中成长锻炼了二变，二变要在更艰苦的环境中创造出一个更美好的明天来，就像《山乡巨变》里的那样，不能简单地把自己交给一个男人，否则，一定是一辈子跟在牲口屁股后转了磨台转锅台呢。李要发已经成为闫二变恍若隔世的人，与闫二变当下眼界中的生活格格不入。正是磨炼意志的时候，社会给了这么大的荣誉，一下就谈婚论嫁，说不清将来要替谁难过，与其如此还不如缓缓，叫他李姓人低头来找而不是闫五则抬头求人。他李姓人家怎么就不能先张口，我闫二变可不是从前的闫二变了，现在的闫二变人穷志不短！

闫二变说："话分两头讲，叔，以前我高攀不上他，现在，怕他也高攀不上我呀。"闫二变再一次拒绝了支书的好意。闫二变认为自己是有理想的人，虽然说自己不是祖国的未来，可自己是李坊村的未来，她把李坊村设计得辉煌灿烂，仿佛灿烂的朝霞就要从她家的黑窑炕上升起。

果然，二变因为受苦提拔成了李坊村生产小队的队长。她要求家家都要知道劳动的重要，日出日落，庄稼人自有庄稼人的活法，二变要求李坊村男女老少农忙时上地，农闲时积肥。村庄火热的日子是在地间打肥，把粪堆儿倒上倒下，还要插上高粱秆透气，让生肥发酵，最好是腐败透顶。李坊村的庄稼年年丰收，二变慢慢就成了公社里的人物、乡里的人物，劳动不舍得让她停下脚步，劳动反复呈现着闫二变的价值，闫二变就成了县里的人物，就变得金贵、扎眼。

时间的记忆就像一条溪流，有欢畅也有跌宕漩涡。闫二变上报纸了，得下的奖状贴满了自己家的墙，县长见了二变都要专程快走几步路来握手，那照片上了报纸后同时也上了闫五则家的土墙。可一墙的闫二变照片怎么都叫闫五则高兴不起来，叫他心急的是二变还没有成家。二变也老辣得很，见了成家立业的李要发很大方地赶上前握手，甚至问候说："有困难找组织。"谁是组织，闫二变是组织。李要发居然低头哈腰说："怎么好意思给组织添麻烦，不敢不敢！"说完急匆匆走开。

闫二变自言自语说："人活着，死是不存在的，一个人要是被一个人忘了，那才算是真死了。"

闫二变在心里一直想着那个借她《山乡巨变》的男学生，时间总也化不开。每次到省城开会，最叫她激动的事就是回忆从前，一辈子经见了一件事，就叫人家牵着走了，一辈子真是不长，当年的影子仿佛还在眼前。

说这话时闫二变七十岁了。

纸鸽子

一

儿子吴所谓是何明儿一个难醒的梦。这个梦真要有一天醒来，何明儿会觉得这是上苍给她在今世开下的一个天大的玩笑。

这是秀月小区旁边一座茶楼，茶楼叫“一品香”，门口没有女生，几个戴宋朝官帽的男侍应在引客。何明儿和儿子吴所谓一前一后走着，走得有些闷。身后的何明儿看到儿子两手插在裤子口袋里，两肩耸着，手掌向大腿两边撑开去，那个样子如风叠起来的一个人模子，逗人思摸。如果前面不是自己的儿子呢，何明儿会觉得这个孩子可爱；前面是自己的儿子，平常的行为局限了何明儿对儿子所作所为的认识。

这样，看他那漫无目的涣散无力的样子，只觉得脊后凉凉的，只有何明儿知道，这是一个极其抗拒一切的动作。

走进装潢得伪古典的茶楼，坐下来，看到男侍应转身出去的时候，进来一个女生，女生看上去像中学生，齐眉刘海下一双大眼睛，涂了睫毛液，眼影是淡粉色的，很跳跃。这个年龄该是上学的年龄，女孩儿最忌讳过早走向社会。进门后女生婀娜地扭动腰身，伏跪下来，捏着小茶盅的手翘着兰花指。何明儿看着儿子盯着对方看，那个女孩儿看着儿子吴所谓羞涩地笑了一下，错了一下嘴角，在何明儿眼睛的掌控之下，儿子吴所谓的脸颊上挑起了两朵红晕。何明儿像是和谁较劲似的站起来说："我不要茶艺了，就两杯茶，要龙井，一壶白开水，备好后，你可以不在门口站着。"

女孩儿一张白脸，一双大眼，嘴翘而鼻挺，仰了一下头，起身往出弯腰的刹那，何明儿看出了女孩儿身上泄露出来一丝风尘。何明儿很是不屑似的把喉头那口唾沫弄得很响。儿子吴所谓的嘴角龇开了一丝缝，眼睛看着何明儿，一口长气嘘出来，有些内容。

决定和儿子来茶楼里谈话，是何明儿想了很久的事，用茶带来的气息抑制儿子身上的那股躁气。何明儿一直认为，喝茶是附着于物质之外很阳春白雪的事，和儿子坐在茶楼里，听着古筝弹拨《梅花三弄》，任他有千般怨恨，在如此幽静淡雅的环境中，总该顺乎环境，不至于一说就失态失性吧！

何明儿忽略了当下的情景，无端把一个女生在男生面前的表现扼杀了，一个有印象的色彩，随缘而有，随事而生。

当下，吴所谓顺手把桌子上一根牙签叼到了嘴里，木制的牙签被吴所谓嚼烂了，何明儿心中的火气腾了起来，这个儿子让她心中不知道郁结了多少疑问和痛苦。何明儿难以释怀地压了压冲向喉咙处的火苗，眼睛盯着走进来又走出去的女孩儿，死盯。

两杯清茶，缕缕上升的热气。何明儿很矜持地端起杯子喝了一小口，她用眼睛示意儿子也喝，吴所谓根本就不看她，嚼得像一团麻线样的牙签被挂在了嘴前，何明儿压了压性子。

“我们，可以谈谈吗？”

吴所谓说：“谈什么？你限制了我的自由，我只想告诉你，这个世界上没有一个人是可以限制另一个人自由的！”

何明儿苦笑了一下，看着水中浮着的茶叶很平静地说：“因为你是我的儿子。”

吴所谓猛吸了一下嘴角上的牙签：“你没有给我快乐！”

儿子的指头不是指着她，而是钩着自己的鼻子，那只蒜头鼻尖上有细小的米粒大小的汗挂着。这让何明儿想起丈夫的鼻头来，惊人的一样。

“你没有一点儿诚意，我不想在这样一个环境中出现家中那样的对抗，我现在是你的一个朋友，权当是你的一个异性朋友，我要求你用最简单的礼貌尊重我。”

吴所谓盯着冒香的茶杯说："不是几片树叶就可以决定我们的谈话内容，也不是几片树叶就能换来尊重的，我们还是不谈。"

何明儿端着茶杯的手抖了一下，就是方才，她跟踪儿子在一家网吧的门口，就在儿子回头张望什么的时候，何明儿的视线像一只无形的手一样拽着吴所谓走到了她身边。

吴所谓说："你跟踪我？"

何明儿笑了笑："这不是第一次，也不是最后一次，在我还有监护权的时候跟踪你，不是什么过错，最直接的原因是，我是你妈妈。"

吴所谓说："你到底想做什么？"

何明儿说："想和你谈话。"

和儿子的谈话如此就上升到一个形式或仪式上了。

那杯茶的香气淡开了，吴所谓端茶的姿态很粗放，嚼碎的牙签还在嘴角挂着，茶杯压在嘴上，卷出上嘴唇来，毫不喘息，一杯茶水倒进了肚子里，杯底子上搁浅着茶，还有那根碎得失了形的牙签。

吴所谓觉得眼前这个应该叫妈妈的异性老是不让他省心，老觉得他是个挺重要的事儿，尽管自己不是世俗眼中的好学生模样，但目前这样的生活挺适合自己的，未来的一切良好愿望与远景太遥远，他甚至鄙夷那些学习成绩好的同学，一个孜孜于成绩的人，视野必定是狭隘的，那智商高不到哪里去。这样想，他就觉得他一生的快乐都被眼前的这个女人限制了。小时候看动画片，粗暴的声音一声声呵斥过来，想起来就索然寡味。回到家中，做了学校的作业，接着做对面这个女人布置的作业，日复一日，年复一年，他这架学习机器，在不断重复的学习中，丧失了多少快乐，在快乐不断地被剥夺中他爱上网络，有什么错呢？起码网络把他的欲望和快乐前所未有地调动起来，想怎样享受都不为过。吴所谓现在还无法设想，在游戏中，愿望被满足到什么样的状态，才会进入到快乐和自由的顶峰，他是太想进入那个顶峰了。

何明儿感觉吴所谓进入了一种幻觉中，两只手在木质的茶几上敲着键盘，她加重了语气说："看你沉迷的状态，你可以不上网吗？"

吴所谓放下手里空了的水杯，木质的茶几上"嗵"地响了一下："你烦不烦呢。"

何明儿说："烦得无聊，读书可解。"

吴所谓说："活得绝望，死能除之。"

何明儿喉头一松，火气不自觉地冒出来："你这样和你妈妈说话？养育你的恩情，你就拿这样的对抗来回报！"

吴所谓站起来，长可至脚踝的牛仔裤刷在地上，裤筒上下有一条红色的横线装饰，使他的腿显得更短，上身的拉长与下身的堆积有些不均衡，夸张地就那么“跨跨”走出了茶楼。何明儿追赶出去的时候，感觉视野空如阴郁的天空一样，并且感到那阴郁的颜色染了她整个身体，有一种无法形容的情绪攫住了她，身后的女孩儿喊了一声：“等一下，您还没有结账！”她冲着空空的吴所谓走过去的街巷吼了一声：“吴所谓——”

她的情绪因过分夸张呈现出歇斯底里的样子，有人走过去扭头看她，想象她与谁在喊：“无所谓！”

二

何明儿感觉很无助，来自骨头深处的无助，她坐在仿古的太师椅上，满上的茶水冒着热气，对面无人，想不出叫谁来与她分解此时的孤独。心里想到一个男人，那种无助越发的彻骨。往常，知识女性的形象局限了她对生活的过分热爱，一个离婚多年没有成家的女人，她树立在人前的形象，不是一个简单的女性形象，而是一个有教养有知识的教育工作者和伟大的母亲。没有人知道她的儿子是一个整日沉迷在网络中的问题少年，儿子的不作为让她的心情缺少了一种痕迹，快乐的痕迹。尽管所有人看上去对她的评价都是好的，甚至有的女性表面上夸赞她要以她为榜样，只有她自己清楚，她的生活状态一团糟。心理上的、生理上的，以及家庭给予她的快乐逐渐在丧失，剩下做母亲的资本，而做母亲她又是多么的失败啊。何明儿想到女友海棠，海棠的幸福生活在朋友中是有口皆碑的，物质上的饱和，养就了海棠一副若无所动若无所想的悠懒模样，与何明儿简直是背道而驰的两种状态。如果人的期望值不是太大，会不会很幸福呢？填饱肚不生事，生活落到俗处，也许会好一些。对了，就给海棠打个电话。好久没有见面了，一个城市各自为了生活，何明儿总觉得自己和海棠不是一类人，现在想起来，好像也就是想找一个世俗中的人来窥探一下日子的好歹，打发一下难熬的光阴。掏出手机来拨过去电话，海棠说："你稀罕呀人民教师，还会想到我？我马上过去，我有话要和你说呢。"女人与女人或许能从生活的体验中聊出一些乐趣，不然，何明儿是无法度过这一下午时光的，一下午都会为吴所谓在网吧而焦心，而心痛。

十五分钟后海棠打扮得光鲜水滑来到茶舍，一身名牌，不是每个人都能穿出名牌的，名牌在海棠身上是一种气质。坐下来，依旧是那个女生，海棠看着桌子上的两杯茶叫喊道："怎么如此不会享受呢？为什么不来茶艺？换茶，消费就是享受，我的人民教师，懂吗？"

何明儿不懂吗？只是，现在不喜欢烦琐做作的成分。心烦意乱，叫她来是想说话的，或者说是想讨一点儿生存经验，如此这般，何明儿觉得叫海棠来是乱上添烦。女孩儿在古旧的音乐中开始一连串的夸张动作，接下来海棠的眉头像是和谁较劲般地立起来，要何明儿闻。女生说："这是上好的龙井，您可以品，常喝茶的人能闻出新绿的味道。"何明儿闻不出来，土陶罐换成了瓷茶壶，为生活本身而心力交瘁的何明儿端起茶盅时，有点儿讨厌海棠装模作样的动作，这个女人她是从骨子里看不上的。何明儿一直以来都觉得自己是精神上的精品，而不是铺张的形式上的那种类似海棠财力上包装的结果。

何明儿和女生说："你出去吧，叫你再进来。"

女生扭身弯腰出去的时候，看着海棠说："您的气质真好。"算是对何明儿态度的对抗。

海棠说："好久不见了，你的气色看上去不是太好，和男友生气了？"

何明儿说："没有。生什么气，八字没有一撇的事，儿子反对，不提他，等儿子上了大学再谈。"

十年寂寞的日子，没有婚姻但不等于没有爱，只有何明儿自己知道。这个年龄再爱必然双方都是有过家庭的，她爱着的那个人也是因为儿子，现在的单亲家庭的独生子女全都是皇上，拒绝陌生人出现在自己的家中，那么对于何明儿来说，也是一样的，吴所谓不同意，她的爱只能是地下的。

海棠笑了笑："没有哪个男人会等你到孩子上大学，人生就是游戏，爱情在当下的社会没有多少刺激能激活，只有钱、地位，至于才情嘛，我不好说，反正任何事情都要靠数字来推动的，我不像你有理想，我是茫然地活，混沌着过。”

何明儿勉强地笑了笑：“快乐和金钱像抛物线样走势，我不否认，就算没有男人，孩子总还是可以唤醒快乐的。你是身在福中，物质的诱惑对我不是太重要，我只专心于我儿子的成长。”

海棠说：“你说得对，我是身在福中，谁又知道我的福是我的苦海呢还是岸？我给你说，沉迷一件事情，会带来快乐，我最近经常网聊，你也常常上网吗？”

何明儿摇了摇头。

“各色各样的人，大千世界，你能感觉人是一个奇怪的东西呢，你与一个陌生人聊天，你不知道对方的一切，凭想象你可以信任他，生动地感觉他、虚拟他，你愿意听他的话，就像一个‘奴’，他的调配让你的身体处于非常美妙的状态。也许按你说的，是一种病态，但是，也是一种心身的反叛，很刺激呢。”

何明儿突然一下觉得不理解了，这社会是怎么啦？学舞蹈的海棠和一个优质的老公，在街市上相伴走过去，会赚来很多回头赞慕的眼神。他的老公经营电脑生意，有海棠的红色宝马车和郊区别墅，钱对于海棠来说，已经不是物质上的快乐了，精神上的快乐呢？如海棠说的真在网络中包含着吗?

海棠说:“明儿,你也上上网吧,别像和尚庙旁的尼姑样,你该有你自己的时间。孩子是未来,只有自己是现在。我表面上的风光不是我真实的样子,我告诉你,我不幸福,如你一样,十年的婚姻名存实亡。我有欲望,我有虚荣,我想保持我婚姻的假象,但是,我不会离婚的,人生游戏,没有什么比爱情伤人更重。因此,我不看好它,如你儿子的名字一样,无所谓!那个等你的男人未必能等你到孩子上大学,爱是需要培养的,是身体的培养,不是精神的。我不能和你比,虚荣、游戏、满足、假象,是可以掩盖很多,掩盖之下是我的名牌消费、养老保险,还有什么呢?我的寂寞和无聊,当下的日子我能这样?所以我选择网络,不选择离婚。”

又是网络,这是何明儿没有想到的谈话,听来的是失望,她有点儿同情海棠,十年婚姻隐瞒到现在,只有从生活体验中走过来的人才知道时间有多漫长。本来想说说儿子的事情,现在已经没有必要说了,说什么显然都是无力的,也是脆弱的。海棠还想说什么来着,手机响了,关上手机,海棠的脸儿煞白。何明儿问:“出什么事了?”

海棠匆匆饮了最后一口茶,道了再见,说是回头解释,人已经走得没有影子了。余下的依旧是无助,何明儿突然觉得现在就算是从网吧找见儿子,她也没有多余的力气拽他回家,对抗,对抗,如果有一个男人在自己身边,就算是没有多少学识，哪怕图长了一副孔武有力的身板，狠狠地用拳头替她教训一顿吴所谓，她的心情都会明丽一些。她爱着的那个人，教养限制了他的力量，只能是等待。何明儿从来都没有想过把那个人领回家来，就算是身体的培养，也只能是开钟点房诉苦，极限的时间里偷情做爱。一切埋怨都在教师的光环下扎根了，很深。在没有保护伞的生活之下，教师形象就是何明儿的保护伞，不足与外人道的一切，何明儿咽下了，如一杯苦茶。

何明儿结了账走出茶楼，走进自己居住的小区，走上五楼。上一楼的时候碰到了二楼的住户，彼此笑了一下，上三楼的时候碰到了三楼正要出门的一对小夫妇，他们襁褓中的孩子在怀里看着走近的何明儿笑得开心，没理由不给孩子一张笑脸。何明儿接着往上走，因为走得急，出气有点儿喘，像做了什么亏心事似的，在推开卧室门的刹那，她整个人就像泪抱了她一样“哗”在了床上，一时间，翻江倒海上下抽搐起来。

是谁说过的：“温暖是人生的表象，苍凉是人生的本质。”何明儿是何等一个有个性有教养的人呢，是什么时候具体到一个女人、一个母亲了？具体到生活的端倪，琐碎得啰唆起来，甚至感受不到生命的快乐，而只是生命的苍凉了呢？无助的她，突然感觉到了巨大的寂寞。夜在黑下来，何明儿站到阳台上，倚着玻璃看楼下，所有走过去走过来的人，那样的走路姿态，都不是她儿子。她儿子只有一个字可以概括：“侉”。从这里看楼下，与刚才从“一品香”茶楼里看并无多少不同，只是路灯亮了。刚才在“一品香”和海棠谈话的情景还在她脑海里回旋，可是一句话也没记下来。路灯透过重重尘粒把光芒反射上来，这时候儿子是不会回来的，她知道，而今夜能否回来都是未知。

天黑透了，亮起来的灯光把何明儿的影子直起来，屋子空空，逼仄的内心被什么东西装满了，是一腔的无助。如果此时有一个人，哪怕一个很简单的人，出现在防盗门的外面，猫眼里一张面孔，单纯到一张陌生的面孔，何明儿也会走近，把内层的木门打开，让风送进来那人身体上的一丝烟卷儿气息，哪怕是来自泥土粪土的气息，也会轻解一下她现在的焦心和烦躁。什么也没有，街道上的车滑行出刺耳的声音，屋子里的白墙比灯光还亮，还醒目，孤独像山脉一样横在四周。

三

人在孤独的时候会感觉时间流动得更慢，是一种煎熬。于无声处，烦躁汹涌而至，目标只有一个：网络——游戏——儿子。当明白一切都是徒劳时，打破当前的安静是何明儿求助于任何什么的最大的愿望。她提起电话来，打给谁呢？打给前夫吴秉杰？不能。何明儿想：当时她可是拼命把儿子要下的，儿子是她生命的墙基，任何人不能把他抽走，如果失去儿子，她觉得她就失去了居所。有一次前夫给何明儿打电话，张口就说："我听说你把儿子养得一点儿也不服你管教？你那么优秀的一个教师，怎么会把儿子教育得如此走形！"何明儿当时堵过去一句话："我养的儿子，摔多少跟头，他都是我养的儿子！"况且吴秉杰已经再婚，那个女人又生了一个儿子，像防贼一样防着何明儿，惹一层没有任何意义的矛盾过去有什么用处？不，决不！已经遁身渺然，何苦揪出他来，做他今后可凭宣泄的对象呢！

决定还是给相爱的那个人一个电话吧。堵心的等待中对方传来话说："有事吗？"

没事就不能打个电话吗？

何明儿想哭，忍着说："没事，问候一下，周末。"

"和孩子吃好一点儿，好好休息休息，对孩子情绪不要那样极端，不是课堂上，任何强硬的态度落到地上都不是惊雷，做一个常态的母亲。"

何明儿说："知道，这个周末很愉快。"

"那就好，我爱你！"

何明儿说："我爱你。"

结果又是多么的无奈。何明儿伏到电脑前，开启电源。两眼无声地看着显示器，桌面上是她和吴所谓的照片，她坐着，吴所谓站着，儿子的一只手托着她的肩膀，像一道墙一样由她靠着。这样的儿子，她曾经的自豪，如今却变得和仇人似的。何明儿伏在桌子上哭了，原本坚强的人，怎么会如此泪多？何明儿突然想起吴所谓的 QQ 号“破抹布”来，有些激动。那是一次和朋友吃饭，说起当下的事，朋友建议何明儿搞一个号上网聊天，寂寞的生活该有一点儿有色彩的东西来填补。当时儿子的眼神是一种不屑连带着怀疑的内容，张口说：“我妈妈不适合，我妈妈是一个容易进去，一进去就走极端的人。”她当时拍了拍儿子的头，对网络的评价，儿子用了“极端”两个字很好。儿子把脖子梗了一下，他不喜欢何明儿在一位男士面前这样做作的伸手方式。她后来一直没有动过聊天的心思，聊天是面对面的事情，一下和一个陌生得不知道年龄、性别、美丑的人敞开心扉去贩卖隐私，她觉得除非自己有病。现在想起来，是因为，目前，自己和儿子最容易交流的，好像只剩下网络了。

她开始下载 2007 版的“腾迅”，开始想自己的网名，用什么来应对“破抹布”？

脑海里乱了，尽是一些电视里和报纸上看到的因为网络游戏杀人的事件。她怎么也没有想到这种事情会降临到了她的头上，她一直相信自己的儿子有自己性格中自强自立的东西，就算有他父亲的影子，他父亲也不是差到哪里的人啊！她想起儿子用一根手指指着她鼻尖的样子，有一次居然抓了她的领口，那些个看起来像面对仇人的动作，让当时的何明儿腿肚子抽筋。

这个时代，这个网络，她恨死了！

现在要面对她恨死了的东西，这哪里是何明儿的性格。

想到“破抹布”,何明儿从这个网名中看不到色彩,那么,自己要用一个什么样的名字来扰乱吴所谓对自己真实的判断？何明儿当下想出了几个必须：必须是女孩儿，必须是十六岁，必须对这个社会和家庭有叛逆性格，必须妄自尊大把什么都看得很透。有这几个必须存在，网络名字就得独辟蹊径。何明儿开始搜索在线网名，“爱你一夜”“甲壳虫”“沦落天涯”，等等，没有一个让她觉得是有特点的，她必须搞一个独特又很新潮的名字，就名字而言就很让儿子吴所谓心动。

何明儿想起远方城市的丽丽。

有一次，丽丽在电话里说：“我给你搞个网名一起进我们自己的聊天室说话去，这样呢，会省了电话费。”何明儿说：“行。”有一会儿丽丽打过电话来说：“搞定了，你呢,叫‘水也狂’,因为你看上去如水一样柔软,要狂一些。我呢，叫‘不也狂’，不干什么并不是我的本意，我已经进入社区，你来找我。”何明儿按照丽丽发过来的短信一步一步走，果然就进去了，并大张旗鼓地发表声明说：“我找‘不也狂’。”社区的小黑板上有公布的消息说：“‘水也狂’找‘不也狂’。”当下有人跟了帖子说：“来了一个母浪。”这句话有明显的语病，何明儿说：“你这句话有明显的语病。”那个人说：“晕菜！”这时候丽丽发来短信，说要出去一下，要何明儿自己找网友聊，先适应一下环境，等她半小时左右就上线。何明儿看到自己的跟帖多了，有一个问：“你很水吗？喜欢你这个名字，水水的。”何明儿觉得这个水字，在这里富含的意思有些变味了，接下来的就更让何明儿痛恨丽丽和网络了。“你喜欢一夜情吗？我喜欢，尤其是你这般水水的人儿。”对于作为中学教师的何明儿来说，“跟帖”这一网络用词，她现在才明白：网络，可以句句语病，可以言语滚烫，可以胡说八道、真假衷肠啊。看看，何明儿都搞得不知道用词了。

丽丽在网名上是很鬼精的，何明儿看了看时间，已经是深夜十一点，这时候给丽丽打电话显然不合适，丽丽正有孕在身呢。那么给海棠打个电话吧，海棠的电话无人接听。这时候往她家里打显然不妥，她丈夫会想，何明儿要网名做什么，猜测下的臆想会让自己不舒服。可是，目前的何明儿太想进入儿子吴所谓的内心了，多少年没有交流，叛逆的青春期是一种硬伤，从学习成绩下降的初一开始，母子关系恶化到现在，吴所谓恨不得拧下她的脑袋扔下五楼当球耍。

她静心听了听外面的楼道，没有脚步声，那么说儿子吴所谓现在肯定还在网上。

何明儿决定自己动脑子，如果儿子接纳了自己，那么，进入儿子的内心也就是一夜之间的事情了。

何明儿苦思冥想，在年龄一栏里填了十六岁，星座填了处女座。在申请人一栏里想呀想，想一个否定一个，等终于想出一个“小米粒”网名时，申请开始，不是超时，就是申请人太多。等终于申请成功时，已经是凌晨一点。何明儿取出偷记下的儿子的QQ号，发出一条问候：“你好，加我好吗？”

堵心地等待。

何明儿盯着显示器，心跳加速。

嘀嘀声弹响了何明儿的耳膜，一阵激动，何明儿悄声骂了一句：“他妈的，网络真好！”

何明儿看到一个沙皮狗脑袋摇摇晃晃贴上了自己的面板。

“破抹布”说：“你好！”

何明儿想了想，一时有些激动，不知道该回答什么好，眼泪有往出滚落的意思，幸福得心慌。真要装到十六岁花季，也不是容易的事情。

“小米粒”说：“我奶奶用抹布用到破都不舍得丢弃，为什么用这么个网名？”

“破抹布”说：“我比你奶奶用过的抹布还破，破到烂如一堆蟑螂吸干营养的牛屎。”

“小米粒”说：“你一定不喜欢你的家庭是不是？不然

不会这么叛逆。”

“破抹布”发来一个字：“哦。”

“小米粒”不知道该说什么话，想了想还是敲了一句话：“我们可以做朋友吗？”

“破抹布”说：“你喜欢听谁的歌？”

答非所问。

“小米粒”觉得最喜欢的歌手是德德玛，草原民族历经荣缩变迁，他们的歌声是马背上盛开的花朵，但是，这对“破抹布”来说怕都是陈年古董，觉得怎么也该找一个新一点儿的人，“小米粒”说：“那英吧。”

“破抹布”说：“装嫩呀，挂了吧你。”

之后“破抹布”的沙皮狗头像黑了。

何明儿不知道自己做错了什么，还没开始就已经结束。何明儿试着发过去一串话：“你怎么啦？你怎么啦？”那个沙皮狗头像没有一点儿动静，她想了想，用试探的话骂了一句：“你个操蛋东西！”

那边始终没有动静。

何明儿觉得儿子是不是下线了要回家了。那么，在他回来之前她得关掉电脑，把网上的所有关于QQ的资料删掉。一切做得都很稳妥，之后，她躺到床上听楼道里的脚步声。

黑暗中的空，像悬空的一口古井。如果有人走动，会有踩脚声响起，那是用声音踩亮楼道里的声控灯光。儿子的脚步声和他父亲的惊人的一样，人未到声先来，是命呢，命让何明儿永远走不出那个人的阴影。什么声音也没有，夜把所有的人带入了梦乡。赤着脚，何明儿走到阳台上看楼下，路灯依旧，城市在失去轮廓，变成深沉的颜色，偶尔有车滑过去，从楼上看，感觉像幽灵在墨一样的夜中飞跃。何明儿想：一定是自己说错了什么，不然刚建立起的谈话内容怎么就断下去了呢？什么人的歌是目前最风靡的？想想看：崔健、老狼、罗大佑、齐秦、汪峰、子曰……一路追忆过来，民歌歌手们不敢去想，这些怕都是老掉牙的过去了，还会有谁呢？

网上查去。

何明儿回转身子，怕儿子回家开门，自己来不及拾掇利索，决定把门上了保险，之后，又一次坐在了电脑前。

打开百度搜索，有谁呢？周杰伦。

第一次知道周杰伦是在“镜花水月量贩式歌城”听同事米胡唱《东风破》。米胡不是好歌手，但那一曲《东风破》唱得是慷慨激昂。何明儿觉得这样的好歌自己怎么就没听过？决定学唱，米胡午夜的歌声像狼嚎一样，米胡说：“其实周杰伦的嗓子不见得比我的好，他的出名就在于他的唱没有高度。”何明儿尖着嗓子学，到最后声带都撕烂了，沙哑着回家，一路上依旧不忘唱《东风破》，这是当下最流行的歌，是儿子最喜欢的歌手，唱会这首歌就等于和儿子有了共同的内心话语。何明儿有说不出口的高兴。那夜的天空下着雨，颇有几分江南烟雨的味道，柏油马路被洗得青黑发亮，心情湿漉漉的。那夜的风是东南风，有一种惊诧的莫名的激动，唱着《东风破》“千古华山一条道”走上五楼，进了家门，儿子在电脑上抬了一下头说：“看你把周杰伦糟蹋成啥了！”

真是无法形容当时的那种感受，目光凝聚在前方一个虚拟的物体上，是儿子的后脑勺。脚下脱去的鞋子无声无息又被何明儿穿上了，何明儿的心虚起来，想不出是米胡的错还是自己的错。

何明儿等儿子上学走后，打开电脑下载来听，却发现周杰伦的《东风破》根本就是听不明白，少盐没醋缺热气儿，米胡是唱走调了才唱得如此“破东风”。她骂米胡太馊，硬把一首泥歌唱土腥了。米胡说：“周杰伦唱歌太阴，不符合东风破仨字，我给这歌注点儿阳气，人家要像我这样唱，必然见光就死，那些喜欢周杰伦的小兔崽子们都是自身条件不好，拿周杰伦的超低声练唱呢。”何明儿想：自己怎么就忘了说周杰伦呢，倒说了那英，那英对于儿子这一代来说，怕是熟识但不可爱啊。何明儿想起自己昨天收到的一条短信：

等中国强大了，全叫老外考中文四六级！文言文太简单，全用毛笔答题，这是便宜他们。惹急了一人一把刀一个龟壳，刻甲骨文！论文题目叫：论“三个代表”！到考听力的时候全用周杰伦的歌,《双截棍》听两遍,《菊花台》只能听一遍。告诉他们这是中国人说话最正常的语速！

周杰伦是一头懒懒的驴子上驮着的小男生，眯眼唱着自己醉人的往事。

四

何明儿的往事中，儿子有多么可爱，儿子是她阳光的酥照与和风扑面的惬意。六岁上，何明儿和前夫分手，导致分手的原因是新来的外教米奇。米奇高大，说不出来是不是英俊的那一类型，因为从中国人的欣赏角度看，米奇长得比较粗糙，看上去只能说是彪悍。何明儿是城区一中初三班的班主任，米奇当外教，第一次走进何明儿管辖的教室，米奇走上讲台，两只大手贴着胸口铺开，一脸的虔诚，那神态就像一脚踏进了自己丰收的玉米地，弯了几次腰，表示了他对初三班同学们的关怀和致意。米奇用左手在黑板上写下：“同学们好！”米奇写英文的时候却是右手，左右手的不统一是何明儿对米奇最大的兴趣。还有，米奇对唐山大地震的关怀，他问何明儿："唐山发生了最大的土灾，你一定知道当时有多少人死亡！"这是米奇独创的词汇，把地震解释成土灾。米奇耸耸高高的肩膀，看何明儿笑得头发跳动起来的样子，他不明白这个中国女人在笑什么，那一场灾难为什么让这个女人发笑。

他不知道何明儿是在笑他独创的词汇呢。

当然，后来何明儿详细告诉了他那一年的事情，并纠正了他对地震的解释。

米奇有许多爱好，整个人看上去总是热气腾腾的，他有许多蒸蒸日上的愿望和梦想。米奇有法学、经济学和心理学三个博士学位，这些在中国人听起来极其累人的学位丝毫不影响米奇儿童一样的天真无邪。他的英语教学常常以一段虚拟场景开始来训练学生的真实感。有一次，米奇在学生面前跪在了何明儿腿前，他把两只大手搓得滚烫，一把抓了何明儿的手说："我爱你！"

何明儿以为这是虚拟的一段场景，被焐热的一双小手从米奇的大手里抽出来，像蝴蝶的双翅一样扑闪着，甩尽了米奇体温的热气。何明儿说："米奇，你真可爱。"

米奇一脸红润，很真诚地说："真的吗？你也爱我吗？我要用中国的方式娶你为妻，你答应我，我在我们的学生面前向你求婚！"

何明儿扭头和学生们说："这个美国佬，他在用美国式的求爱演绎中国式的求婚，这一段虚拟场景你们可以不学，因为你们还不到这个年龄，但是，你们要听清楚了，这里的求婚念‘propose’，求爱念‘court’。”

米奇说：“我不是虚拟，我是真心，我要和你丈夫说，我比他更爱你，他不如我爱你，他就应该回老家，向后转，走开。”

同学们哗然。

何明儿觉得很荒诞，他到底在做什么？他是一个异乡人，这里不是他的祖国，他的血液和这里的河流毫不相干，他无法知道文化带来的审美差异，他不知道忙于生存的人们有着比生存更喜闻乐见的嗜好，这样的结果，自然是让她的前夫很男子似的在学校的操场上掴了她两个耳光。男人打女人总是兴奋的事，操场上聚集的人厚起来，一件涉外插足婚姻事件，像风一样走进了小城的大街小巷。

米奇当时不在现场，在忙别的他感兴趣的事情，骑着一辆破旧的老牌“飞鸽”车，八月刚立秋的天空，天高云淡，米奇幻想着，他揽一个中国女人在怀中，从唐朝人李隆基做潞州别驾的德风亭开始，这个女人在他的背上，他弓着腰身驮着这个女人。他是一头老马，在中国娶这个女人，他甚至幻想和另一个男人决斗，用中世纪的求爱方式，把这个女人抢入他的膝前。

米奇知道这件事情发生在操场时，他把何明儿的前夫揪到操场，朗日阳光，何明儿像乡下的泼妇一样，迅疾闪到两个不同国籍男人的胸前。

何明儿伸出斗鸡一样的脖子，冲着米奇说："我不喜欢你美国佬，你带给了我婚姻上的伤害！"

米奇很奇怪地指着自己的头、自己的太阳穴说："我这里不快乐！"

何明儿说："你不快乐，关我屁事，鬼才叫你不快乐，你从这个城市滚吧！滚吧！"

很快米奇被解雇了，带着不快乐的脑袋很落魄地流浪到另一个城市。前夫对何明儿的伤害，让她感觉自己在这个世界上朝上仰起的人民教师的头是一种耻辱，他把六岁的儿子吴所谓叫到跟前说："妈妈和爸爸要分开住了，你看呢？如果你不同意，妈妈会妥协！"

六岁的吴所谓说："爸爸怎么你啦？"

何明儿说："他打妈妈了，面对很多人，妈妈觉得丢人。"

六岁的吴所谓说："他打人是不对，是离婚吗？离吧。"

何明儿觉得儿子聪明绝顶了，她放弃了一切物质上的，就要儿子，儿子是她将来的梁柱，是顶天汉子，有儿子就会有一切，去他妈的爱情，儿子才是召唤她从各种桎梏中解脱并回归幸福的黄手帕。

生活是什么？是一路走过，来自脚步中黄土的凉意。生活像一棵树，长出来的叶子就为了最后的那场秋风，就为了长老，一句话光阴如水就如水了？儿子上初一的时候，她偷看他的日记，儿子写："整天面对一个臭三八，心情阴到极点了。"何明儿当时的泪不是流出来的，是挤出来的，被生活的怨气裹着，那泪珠儿一颗颗直戳戳掉在地上，把何明儿的心砸碎了。何明儿那一次狠狠地教训了吴所谓，指着他的鼻头说："我是你的亲娘老子，不是臭三八，你娘养你不容易，你小时候对语言的感觉哪里去了？"那一次儿子没有反对也没有说话，好像那一次之后儿子就不和何明儿交流了。慢慢地拉开了一段距离，无形地也是有意地。和成绩好的听话的孩子相比较，儿子身上的缺点太多，过多遗传了前夫的性格，何明儿身上的优点在吴所谓身上反而看不到，何明儿觉得自己应该放弃自己的一切，为了吴所谓，她决定用自己严厉的教育来克服他身上的坏毛病。她甚至不想再婚，硬撑着不乱章法以职业的尊严抵抗着外界的诱惑。后来有人介绍她认识现在的这个，她与他见面开始就约定了等儿子上大学后结婚。小心谨慎着，吴所谓还是走进了网络。那一次之后，吴所谓常常要钱说买礼品给同学过生日，何明儿多说一句，儿子就会顶撞过来，每一次都让何明儿感到心像针扎一样生疼。有一次，何明儿要吴所谓班主任把吴所谓调到前排，数学老师反映他不集中精力听讲，做小动作，而数学又是主课。吴所谓居然和调到后排的同学说："我妈妈利用职权把你调到后面去，在这个不公平的社会里，你认为公平？"那学生闹到教导处，事情一经扩大，何明儿觉得很没有面子，这就是自己生养的儿子！

儿子开始去网吧，像瘾君子，语言更少了。

何明儿想，再申请一个 QQ 号，儿子毕竟还没有长成气候，他还没有分辨一切正确与否的能力，他不能自控，她必须像捏面人那样把儿子捏成一个形状。这个年龄是不能放任他去自由的，两年后高考，如果不扭转他的兴趣，考不上大学，那就等于是被社会淘汰了。哪里招公务员不要文凭？哪里招人才不要文凭？没有文凭就等于没有饭碗，比不得从前了，那个年代讲究根正苗红，工人的子弟可以接班，能做工农兵那是再光荣不过的事情了，如今，眼下，哪个不以儿子考清华、北大为荣耀，哪个不以老子经商为荣，同学聚会坐下来的话题，我儿子在哪个国家，我女儿钢琴几级了，没一个说我儿子上网了。没有成绩是没有面子的事，你做父母的是怎么教育的！我何明儿的儿子将来考不上一类大学，那是我何明儿养的儿子吗？！不学习，不考大学，玩游戏顶得了将来的饭碗吗？！我何明儿就这样一个儿子嘛，儿子没有将来，我何明儿有什么将来？儿子是一块璞玉呢，将来必考名牌大学，必考公务员，必进政府职能部门，儿子将来如果不这样走路，我何明儿何苦要付出婚姻的代价。

何明儿决定先用“小米粒”找一个十六岁的孩子聊会

儿天，要想进入儿子的思想必须先进入这一代人的思想，一代人的思想，妈妈呀，何明儿的头一下发涨，感觉问题大极了。

这时候有电话打进来，是海棠打来的。“这么晚了，”电话里海棠说，“看有你的未接电话，有事吗？”何明儿突然不想说关于网名的事了，说：“没事，看你下午匆忙走了，想打电话问候一下。”海棠说：“出了点儿事情。”何明儿问：“出什么事情了？”海棠迟疑了一会儿说：“我还在局子里。”何明儿说：“什么局子里？因为什么？”海棠说：“没有啥，公安局，无所谓的事情。改天解释。”海棠挂了电话。

何明儿放下电话时，心里对海棠的话有点儿奇怪，莫名地还有点儿幸灾乐祸，不去想她了。

坐回电脑前查找在线人群，把寻找的目标定位在自己居住的城市，把年龄局限到十六岁到二十二岁，她想找一个女孩子，女孩子性柔，人说女孩儿是母亲的贴心小布衫。从生育的角度说，何明儿还是想要男孩子，何明儿传统着呢，父亲活着时说过，女人头胎不养儿子，那是会被家族看不起的，就说现在，她虽然离婚了，因为有了吴家的孙子，曾经的婆婆和公公始终都把何明儿当自己第一儿媳妇待，那不是说自己有多么好，是因为有吴家的根在她何明儿手里握着，老人不嫌孙多。

显示屏上，十六岁到二十二岁，上线人数怎么会有这么多呢？零乱晃动的人群，不是喧哗，比起大街上嘈杂的人声，这里要显得安静，一行一行罗列在眼前，全部晃着卡通头像。何明儿想起世界上最著名的小木偶——匹诺曹。一行一行的字都是淘气的孩子，也许除有淘气的匹诺曹外，每一个卡通头像后面都藏着像何明儿一样的人物。故事里的事，会有慈祥的老爸爸杰派托，会说话的蟋蟀，会有坏狐狸和学舌的猫，在故事的字里行间，有做人的基本道德。她曾经用匹诺曹教育过吴所谓，要他有同情心，要乐于帮助人；应该诚实，永不撒谎；应该勤劳，用劳动换取报酬；应该爱妈妈，因为母亲是这个世界上连带着他的血亲。何明儿笑了一下，多年来唯一的一次笑，是想象卡通头像背后的故事，故事里的热闹，也是对她第一次走进网络里满怀着的奇异幻想的失笑。

一个十六岁女孩子跳入了何明儿的眼帘，“孤独的水”，何明儿觉得要进入角色了。

“小米粒”说：“你好，加我好吗？我是你的妹妹。”

一头小猪的头像贴上了“小米粒”的面板。

“孤独的水”说：“你好，你是很小的小妹妹吗？”

“小米粒”说：“是呀，小小的小如米粒儿呢。”

“孤独的水”说：“你怎么这么晚还在网上？家人不管吗？”

“小米粒”迟疑了一下说：“我讨厌父母，总是管呀管，逃学不回家呗，要不这么晚了怎么会来找你。”

“孤独的水”说：“我和你一样，你在哪家网吧？我去找你，约个地方出来好吗？”

“小米粒”觉得对方的热情有点儿过了，女孩儿在一起聊天，总要磨叽一会儿吧，真就对夜晚不惧怕？

“你喜欢谁的歌？”“小米粒”想起方才和“破抹布”聊天的失败。

“孤独的水”说：“喜欢周杰伦。我定个地点你出来吧，你不是很孤独吗？”

“小米粒”觉着从喜欢的歌手上说，是一个年龄青涩的人，但为什么不就歌手的话继续呢？奇怪。接着问：“我是很孤独，就想知道你心里在想什么。不是说现在，是白天。”

“孤独的水”说：“想离开这个城市，离开熟悉的面孔，往远走，走到天涯海角，你跟我走吗？”

“小米粒”说：“我还没有想过。”

“孤独的水”说：“你有视频吗，打开我看看你。”

“小米粒”想，你看我不露馅了嘛！决定要看看对方：“我没有，我想看看你。”

“孤独的水”说：“我想给你买衣服，把你打扮漂亮，你一定很漂亮，我们见了面不就是最好的视频吗？”

“小米粒”想，她为什么老想要出去呢？于是就想了一个招数说：“我不是十六岁，我是男人，你信不？”

“孤独的水”说：“骗人吧，听你说话的口气像十六岁。”

“小米粒”说：“不是，我想找女孩子，你要不是呢，你就挂了吧。”

“孤独的水”说：“你要我死吗？小心肝，我真的想你了，我能给你想要的一切，你来集运网吧门口好吗？我能给你最大的快乐。”

何明儿感觉皮肤很不舒服，先是紧，接下来打了个冷战，胳臂上的汗毛就竖直了，这个人会不会是男人？那么会不会有女人也在找男孩子聊天，聊一些下流的事情？

“孤独的水”说：“我要你看我，我是你的哥哥，宝贝！”

何明儿关闭了对话框。网络太可怕了，让人少了感性认识，那个猪头还在嘀嘀嘀叫着，何明儿已经感觉到问题的严重性了，自己的儿子就这般在网上打发大把的时间，时间，时间，有多少时间可以从头再来！

“小米粒”点击儿子“破抹布”的头像说：“儿子，你要回家！你要回家！！你要回家！！！”写好了没有发送，她觉得自己应该克制自己，这样等于告诉儿子“我是你妈妈”。这么多年来自己那种不克制的，对一切要当下就想闹清楚的教师性格，在儿子面前是威严尽失。何明儿趴在桌子上哭了，面对网络，哭总归不是解决当下问题的办法，她决定写一封长信给儿子，不能面对面交流的时候，就用文字。

匹诺曹，永远的匹诺曹，因悲伤而长逝了。

五

清醒万分的何明儿还记得打开门感觉一下楼道里的风，风里没有儿子回家的气息，黑挤进来，屋子里的光推出去，一腔的耳目却是什么也听不到。

明知道他在网吧，自己却很无可奈何，这叫什么样的日子！

打开“我的文章”，开始写信，和儿子在现实的人生之外，又多了一层纸，人情如纸，亲情也要如纸了。

写信，信上写啥？话很多，却不一定能入心、入情，宁愿写一堆溢美之词的表扬稿子，却不知道在写给儿子的信前怎么开头？！

何明儿燃了一根香烟，让空涨的心静下来，静，是一个向一切展开无数进入它的路径的动词，与当下的景象相比较，静是跃然于纸上的，没有一点儿办法，必须这样，这是血缘。

吴所谓，我亲爱的儿子：

妈妈用文字来和你交流，这样的说话方式本不该存在于我们母子中间，但是，存在了，一切的存在都有它的合理性。

妈妈常常回忆起你小时候的模样，那么乖巧、可人，还记得有一次回乡下去，我们走在细瘦的土路上，由姑姑家去外婆家，你没有注意有一条蛇挂在路边的灌木上，妈妈吓得倒抽一口气退后了几步，你说："妈妈你怎么啦？怪吓人的。"妈妈说："是蛇，土绿色的，挂在路边的灌木上。"你说："我看看，我把它打死要妈妈走。"那条蛇在你走近的时候滑走了。妈妈说："什么东西小了都好，唯独蛇不好，瘆人。"你说："人小了也不好，大了好，像妈妈一样，我大了保护妈妈。"儿子，你大了吗？你是大了啊，高出了妈妈一头还要多，你长成大小伙子了。你先我站到山坡上，回头看着妈妈说："妈妈，妈妈你看起来很小，和我一样。"我说："因为你站得高。"你说："才看妈妈小。"六岁的你知道"站得高看得远站得高看得小"的道理，那样的融会贯通的能力真让妈妈惊讶。妈妈想到将来的学习于你一定是一个愉快并开心的过程，这也是妈妈对你一直期望的过程呀。

但是，妈妈怎么觉得你越大越难和你交流了呢？越大越对学习不感兴趣了呢？上小学的时候，你每次考试只要一考不好，你就哭着回家了，你说丢妈妈的脸了，看看，多让人感动呀，你真是知道妈妈的心事啊。读初一的时候，平常比你学习好的同学都考不过你，但是，妈妈在替你高兴的同时，忽略了你上网玩游戏，你在一步步深入网络的空间。你第一次逃学，我从网吧逮着你，你看见走近的我，把身子缩了下去，我拽着你的头发，你红着脸不看周围的人，眼睛里含着泪，你保证说，再不逃课了。第二次又从网吧逮着你，你看着走近的妈妈，站起来说："我跟你走。"我注意你脸上的表情，没有一点儿颜色，甚至感觉脸上还挂了一层灰尘，细小的挂在绒毛上的那一层白灰，妈妈知道那是你对妈妈的怨气。第三次、第四次，多了，我记不起来了，你把妈妈的首饰拿了去贱卖掉上网，等我发现后，你又告诉我自行车丢了，上了三年初中，丢了十五辆自行车，你对付一个手无寸铁的女人，你对付生你养你的妈妈，你妈妈现在还有什么呢？有的就剩下一张嘴了，现在，就算是有嘴，你都让妈妈封了，一说话，你就瞪眼，眼睛珠子像玻璃弹子一样射过来，还没有等妈妈张口，你拖着两条腿走了，走进你心爱的网络世界。

吴所谓，妈妈的儿啊，这世界上妈妈还牵挂谁？只有你啊儿子！四岁上幼儿园，儿童节你在舞台上表演节目，你看着台下的妈妈吐了一下舌头，小可爱样子，妈妈朝着你做一个鬼脸，你忘了台词，冲着台下喊："都是我妈妈害我忘了台词！"妈妈带头鼓掌给你掌声，台下所有父母都给你掌声，你冲着台下喊："我爱你妈妈，妈妈！”你知道吗儿子？妈妈就是天底下最最幸福的人。开始上学了，妈妈给你口头要求了一条横杠：小学之前，限你在前五名。每次考试你总是排名第一，只是有一次考了第四，你哭着一路回家，进门窝在沙发上看着妈妈说：“我不是一个好学生。”

那时候你多有骨气。妈妈有一次与你谈话，说到你爸爸，说到这个家，你说，你不允许有男人踏进这个家。你说，你是这个家唯一的男人。为你这句话，妈妈决定就我们母子一起生活到老。

是什么让我们母子一路走过来成了路人？越往后的日子，你对成绩已经无所谓了，青春期的特征让你的喉音变粗，你恶狠狠盯着妈妈说：“我讨厌排名次！”这还不够，你居然打开门冲着楼道喊：“我讨厌排名次！”满楼道粗重的回音跌落下去，你是妈妈最乖巧的孩子，是什么让你如此叛逆？

你能不能告诉妈妈你在想什么？你到底要做什么？你对将来还抱什么理想？这个世界，没有理想的人注定人生第一步就是失败的，你不可能在网络里捞到你想要的世界，那里的世界是虚幻的，这世界上没有孙悟空的筋斗云，网络游戏如海市蜃楼般的幻景和季节合谋来欺骗你。

你应该知道，儿子，有妈妈就有家，妈妈是你的墙、你的门、你的炉灶和暖胃的粮食，妈妈看到时间在你的眼睛里一层一层变黯，你回不到现实中来，你眼睛里重重叠叠的黯淡令妈妈骇异，是什么牵了你的鼻子？牵了你的魂？

你回到现实中来吧儿子！你知道吗？你是妈妈沉重的影子，妈妈多么想看到早晨的霞光把你的身姿推向前方，霞光里你灿烂的笑容和你回头叫我那一声“妈妈”，像力量在注进妈妈的心脏。

儿子，妈妈的儿子，妈妈有许多话要和你说，妈妈现在，只希望你回家！回家！回家！

儿子，妈妈求你了，你能用写信的方式和妈妈交流吗？

妈妈期待你的回答。

何明儿写不下去了，眼睛酸困涩辣得睁不动，她把写好的信调成最大的字号，用F4纸打印出来，一共十页，她想用夸张来吸引儿子的注意。

以前，何明儿也试着用文字和儿子交流过，她把写好的字条放到儿子的写字台上，只要儿子一看到，接下来的事情，必然是一团纸球越门而出，门在闭上的时候，儿子吴所谓会把一句很梗的话丢出来：“请不要越雷池半步！”

那可是我何明儿名下的房子啊，你敢把那十五平方米的卧室说成是你吴所谓的雷池？门重重合上的时候，何明儿觉得这句话已经被挤得像箭镞一样穿过她的胸膛，何明儿在客厅里大喊：“别忘了小兔崽子，是我给了你生命！”吴所谓用血写下几个大字斜着门缝插出来，那上面写着：“把你的生命拿去，我对活人已经失去信心！”

没有谁知道何明儿当时的痛，那是没有一点儿力量感觉的痛。接下来的寂寞是扩大的，她甚至想用大声的哭招来任何一个人哪怕是陌生人的关注，但她始终没有哭出声来，空气里的无助像腊月天的寒气冻得她浑身打战，经由手背的寒战，在何明儿的喉头结冰，何明儿想，我到底做错了什么？我的失败到底在什么地方？

现在，她用透明胶带贴在吴所谓卧室的门扇上，那纸张一页一页矮下来，矮下来的纸张背负着沉重的力量，似要压弯她的脊背，她扶着墙，想往起站，双手挂在一个高度上，如同绝望的攀崖者，她在和儿子赌博！倏忽之间，何明儿觉得自己像枯枝一样，万籁俱寂，天地木然，没有人来扶她一把，她所有的寄托，就因为儿子的存在而存在，“儿子”两个字让何明儿生痛，这一场赌博，何明儿觉得自己是血本无归。

何明儿把无助的手臂松下来，整个人像脱水的拖把一样松下来，瘫在地上，何明儿把身体贴紧地面，尽量把身体偏一些、折一点儿，好让悬空的心更为舒展地放在地上，目前能够与她温存的除了地板还有什么呢？儿子在另一个自我的空间里，那个空间唯一的联络方式是：网络。

吴所谓是凌晨六点钟回家的，门被反锁着，在他想用钥匙扭动锁眼的刹那间，门被打开了，劈面相逢，吴所谓觉得是在做梦，门前站着的女人，是谁？门后呢，风吹动一扇门上的纸张，像是要奋力挣脱什么，仿佛又被什么力量给拽住了，有按捺不住的激奋，吴所谓张大了嘴巴，要说什么。何明儿等不及了，上前搂住吴所谓说："你回家了儿子，你回家了儿子！"

吴所谓挣脱出来说："你在发什么神经？"

何明儿知道，这是儿子对她一晚等候唯一的肯定。

楼道里有铁门开启声，轻微的，随着门缝，一定有人探出了脑袋想探问到什么。何明儿突然意识到了黎明前的安静，吴所谓的话决定了明天一早开口说话的人的最早一句问候，一个离婚的女人，在这层楼里，你不敢有半点儿动静。这是学校分配的家属楼，从一层到五层到对面的住房，有学校的中层领导，有后勤工作人员，还有几户好像是分配了住户，房子有多余的被出租出去了。租出去的房子还好说，生活圈子在校园外，尤其是那些中层领导的太太们，天生的优越感，让她们对四周围的邻里之间产生一种敏感与好奇。平淡的生活是不断需要制造话语的，人不一定有多高的修养，但是，她们选择话语的权利却很敏感。一个单身女人，黎明时分，儿子的一声吼叫，意味着想象里的事情有了语言的嚼头。这里的住户没有一个在安静气氛里弄出过巨大的响动，所有的矛盾深藏不露，像饺子馅一样。对于何明儿，自从那次影响小城人的趣味话题发生之后，总有挑逗的目光投向她，有多少眼睛盯着在看在听呢？何明儿一把拽进儿子，轻声关上门，然后，她听到纸张被风掀动的声音，儿子打开卧室门，走进去，门被关上的刹那，纸张散发出火药味的噪声，之后，一切陷入了长久的寂寞和安静中。

回家的人对何明儿最大的意义就是回家了。

泪水顺着脸颊绵延而下，纺线一样被拉细，被拉长，终于滴落到地板上。那封信，显得唐突而羞涩地挂在门上。儿子没有用眼睛去读它，何明儿很准确地看清楚了，吴所谓眼睛里的内容还在另一个世界里盘桓，目无旁顾，执着于自己的世界，看见灯光的时候，眼睛透出了失措，是想逃离什么，只有逃进卧室，一切才会安全吗？

何明儿决定敲门，是有节制和有节奏的那种。

声音轻巧而礼貌。

万般期待，门扇上的纸张，拇指大的黑字，最后装进眼眶里的不是吴所谓，是何明儿。

她一边敲门一边看信，信写得没有节制，满纸都是真情，每读一字，心房怦然，一夜的心沉气闷，是该发泄了，你不看，我就读给你听，一字不漏地读。

何明儿搬过来椅子，坐下来，仿佛是教室里的讲台，似乎又有一股子强烈的热力撑着她，使她不能安坐，复又站起来，面对很小的空间，生命体内却有万般欲望。如果何明儿此时是清醒的，她会感觉到自己夸张的面部、特写的嘴唇，包括吐字的舌头都是一幅绝好的漫画，可惜人的精神的空间是一个很难定式、无从把握的过程，此时此刻何明儿希望自己的声音能敲击和直抵吴所谓的心灵。

先是很小声地读，接下来，大声地读，像阅读课文，朗朗如月，她的阅读中有回忆，有忍辱含悲，仿佛人生，抑扬顿挫，凄凉、残缺、隐痛、迷离，读到结尾处，全身竟充溢出了阅读的快感。

阅读之后，一切无声。

六

已经是星期天的早晨，何明儿觉得打开门的希望不存在了，拒绝交流，对于自己的这个儿子，一夜无眠，已经构成了谈话的障碍。

门内的鼾声是最好的回答。

何明儿开始梳洗，镜子中的眉眼，已经不是自己原来的眉眼了，黑眼圈、眼袋、肿胀的上眼泡，有掩饰不住的苍老。梳洗又必须是很认真的，因为要面对许多喜欢窥探人脸上眉眼的心事的人。

家属楼通往学校有一片广场，是城市绿化重点工程，也算是一个休闲广场，一早一晚成为市民最活跃的场所。最近，为了迎接教师节，除了学生的节目，学校要老师也参与进来，为了不影响课时，时间上利用了早自习这一空当。何明儿是集体舞中的一员。如果不下楼去参加呢，必然会影响集体活动；下去呢，这个样子，眼睛像金鱼眼一样，要人怎么去猜测！往常何明儿也会时不时地到广场上去锻炼，广场上节目多，老年的有太极拳、扇舞什么的，中年的有交谊舞，何明儿有时候会和人跳跳交谊舞，大多数时间是和女人跳，一是男人都有固定的伴儿，二呢，一个单身女人和谁跳多了都会有闲话出来。早起也是因为儿子要上学，她要给儿子做饭，送儿子下楼，锻炼后到早市买中午的新鲜菜。时间长了成了习惯，她与儿子的身影也成了广场上锻炼的人眼睛中的一道风景。擦肩而过时彼此的一个招呼，哪怕是不锻炼身体，何明儿也愿意和儿子从那里穿过，好像只从那里走一遭，她才会发现生活的状态还像以前那么好。有学生家长会聚过来讨好她，有人会说："看人家的儿子多有出息，到底是教师呀。"如果说家里的情景给何明儿太大的心理压迫，走到广场上，不定时的人们的夸奖会令何明儿感到比别人优越。何明儿也正是这样一天天从小城人的议论中硬扳回自己的教师形象的。米奇留给人们的印记模糊了，对何明儿很少有人妄加揣测，更多的时候是赞扬一个母亲的不易。何明儿也从每个人每天面对的日子里，知道了每个家庭的日子与外表看上去有很大的不同，但每个家庭的相同点却是一样的，有不能停下来的争吵。

何明儿孤傲的性格就这样一点一点浸入到俗世的底部，无端地也是无来由地由量到质，由质到量，看似不变的过程，性格却正在其中发生着变化，也开始变得婆婆妈妈，碎嘴婆一样喜欢嚼事了。更多的时候何明儿会和那些锻炼的人们挑起话题，是关于孩子的话题，关于网吧的来自社会上的消息反馈。何明儿说起来像是与自己不沾边似的，只是以一个老师的职业道德关心社会问题，谁也不知道她的内伤。听到的、看到的，何明儿都会记录下来，先是在心里装着，结束后回家记录成笔记。看到吴所谓的时候，对照笔记，心情会紧张，会联想，到最后，像得了重症，反复不停地拿听来的教育吴所谓，有时候成了教化，令吴所谓反感得会吼一声："有病了你！"

比如，前一段时间城市里发生的两件事情很是让何明儿害怕。一件是在城郊一家网吧，四个学生斗殴，因为网恋，其中一个学生拿水果刀捅了另一个学生十六刀，这是一件不敢想象的事情，人像马蜂窝一样。传话人传到何明儿耳朵眼里的话是，那个捅人的学生丝毫没有惧怕的心理，他认为，爱情就应该像欧洲中世纪那样去决斗。听说，那个学生的家长是开肉店的，家长的择业是否会影响孩子的性格？何明儿思想之后，肯定地认为家长的择业会影响孩子的成长，不然古时的孟母何苦要三迁？何明儿觉得这还不是最可怕的，最可怕的是双方家长面对事实，面对打破了十几年的生活秩序，一下空了的屋子，空了的希望，空了的精神，接下来要怎么面对？如果是自己，何明儿会选择死。另一件事情是一个初三女生，有一天上课，在课堂上突然笑起来，很阳光的那种，极度的放松，极度的敞亮，笑到最极致处把书本撕碎成拇指大的纸片，扬起来，蝴蝶一样空灵飘逸落满教室。何明儿了解到，这个女学生学习成绩原本是很好的，一直排名在前十，一段时间成绩下降，父母教育上加强了一些，限定了底线，不能再落到十五名后了，结果就出现了如此画面。上百人的网吧，何明儿是进去过的，不止一次，清一色的青春，一丝不苟的坐姿。门口写着“禁止学生入内”，如果容颜不是从脸上去看的，何明儿会想到进入了天堂。

从那里走出来，何明儿明显感觉到了虚脱，这是生活吗？是！不容何明儿置疑。

那正是何明儿孜孜以求的生活，生活是什么呢？何明儿后来明白了，生活就是不尽如人意。网络是什么？是带给人娱乐方便的同时，也给人骚扰和困窘。这好像也是所有事物的共同特点，常常是好也是坏，是对也是错，是有理也是无理，是所有的对立面，是垃圾和孩子的梦想。如果你不要垃圾，那好，你连孩子一起扔掉吧，而你舍不得孩子，也就只好让孩子和垃圾同在。何明儿从广场上走过，会揣摩那些人的思想，他们为什么活得这般幸福呢？幸福好像是长在脸上的，时间长了，何明儿也被感染了，对那些学习成绩好的孩子和家长，她一点儿也不去羡慕了，从闲谈话语中找他们生活的不如意处，窃喜！对那些生活不如意，孩子学习成绩不好，很有钱的家长，她也会像其他人那样咧嘴笑一笑，有不屑，有说不清楚的内容。那些好坏参半、长短参半、对错参半，以前令何明儿厌倦的东西，越来越被何明儿适应了，她害怕，假如有一天人们知道她的孩子也在上网时，她要怎么面对？！何明儿在不满足中满足，在无可奈何中掩饰自己的生活，也学着去说一些假装的与心情不符的话，因为，她真害怕那一天的到来。

那个曾经被老外米奇很是欣赏的何明儿死了，重生的是另一个何明儿。

参加跳舞的教师已经集合了，音乐开始，红色的绸子扬起来落下去，探海、卧鱼儿、云手，生活在当下不尽如人意中的一份好心情。音乐是《好日子》。

教化学的张老师说：“你今天来晚了，哟，还戴了眼镜，气质一下就提起来了。”

何明儿收了一下绸子又快速地打开，转身，仰头："儿子休息，睡懒觉，我也跟着睡着了。"

何明儿提了提眼镜，要不是一夜不睡，她是不戴眼镜的。

教物理的李老师说："你真是养了个好儿子，一米八几了吧？那天见到了，一下还真没有认出来，福气呢。呀，身上的运动衣是啥牌子的？显身段呢。"

何明儿说："我这一辈子就活这个儿子呢。还牌子呢，伪名牌。"

教政治的王老师，老公在公安局，压低了嗓音说："知道不，又有新闻了，你的那个好朋友海棠，爱穿名牌的舞蹈演员，难怪是一个演员，出事了，掉到泔水缸里去了。"

何明儿看到对方在转身前，下巴颏朝着一个方向共同看过去的动作，咧了两下嘴。

海棠出啥事情了？

"告诉你吧，都是网络惹的祸。"

上仰，下摇，卧鱼儿，红绸子翩翩，身体和精神都沐浴在了好奇中。何明儿有些心不在焉，想知道海棠、网络，到底出了什么事情。

"裸聊。"

何明儿一时没有明白："什么是裸聊？"

有一位插话说："光身子要人看。"

音乐响起来了，红色的像花朵一样绽放的早晨又开始豁然灿烂了，每个人看上去都像蝴蝶一样，在被规范了的动作中舞动，一丝不苟，海棠的事情给这个早晨添加了一种别样的味道。

七

没有人觉得这不是生活。

海棠的命运是海棠最后的结局。听明白后，何明儿觉得海棠在生活面前实在是没有什么品位。又觉得社会的进步与海棠的品位相比，会变得很局促，很狭窄，很不算什么。一个婚姻中的女人，没有爱，只落下了虚荣，能掩盖多少世俗？心被伤到多重且不去说，接下来的日子经天纬地，那是心身两方面的疲惫啊，何明儿再清楚不过了。女人一生心事全在孩子和丈夫身上，留给自己的是不知道该怎么打发的夜晚时光。原来的日子不好，但是，总还有婚姻，总还有牵系，你恨那个人，那个人还在你眼皮下生存。你恨那个人，因为有一纸婚约，你就得装出一副恩爱模样。只有那个人与你什么也不是了，你才会缺少了焦渴般的恨，留下不尽的幽幽的无奈。一切应该是从面对现实开始的，开始时的那种放松渐渐地转换成了空，她才要去糟践自己。何明儿拿自己的日子来和海棠比较。当时，丽丽还打过电话来说："一个人多好，思想可以富含诗情画意地去期待，去憧憬，去生造清风明月式的幽雅与闲适，就算是和一个人聊天，旁边没有眼线，没有约束感，大笑也不会有人说，看你，没有一点儿含蓄样！”日子长出来的时候才知道孤独是那样的咄咄逼人，旁边一旦没有了人，敞开的屋子，昏黄里颤动的影子，即使煲电话，听到的也是对方呵斥丈夫的声音，那预期的想象与切身置于现实之中，仍然是两个完全不同也永远不可能一致的概念。何明儿是用自己码起来的日子去理解海棠的，海棠面对的是什么？是美丽不为所动，是渐渐地年华老去，是寂寞的两山相对，没有孩子，简单到两个人，闲与忙，一个人不入另一个人眼，我给你一切，但不给你爱。何明儿从海棠昨天的谈话中知道，网络给了海棠一种臆想，非常强烈的臆想，说一些平常不愿和现实中的人说的话，寄托一些平常不敢与现实中的人寄托的相思，人隔着网络嘛。

和一个人裸聊。

又是网络！

和城市的夜迥然不同的白昼，城市的白昼有种种这样那样的反响，汽车喇叭、摩托、孩子的嘈杂声、上下班人的喧嚣声，还有闲话和假装的关爱。总之，城市的白昼是活生生的，是有生命的。城市的夜晚呢，尤其是对一个离婚的女人，简直就是死亡，是没有一星半点儿气息的，尤其是对于单身的曾经结过婚的女人来讲。何明儿在体验中理解海棠的同时，听到这个消息时也还是惊出了一身冷汗。

这个消息不是哪个人传播的，正是网络。

何明儿惦记着家中的吴所谓，这一觉怕是要睡到过午，午后醒来第一个动作是打开电视，搜台像弹钢琴一样，最后的落脚点是动画片，惯常的动作。一个十六岁的孩子居然没有思想，没有选择，还停留在看动画片的年代。何明儿突然想到，假如吴所谓也要面对一个人裸聊或一个裸聊者面对吴所谓呢？天，我的儿子还会健康地步入社会吗？！何明儿想到，吴所谓与网络是一个不敢松懈的问题，三十岁的海棠都控制不了，那么吴所谓还是一个孩子呀！假如吴所谓面对的聊天对象就是海棠这样一个中年女人呢？假如，假如……天，真不敢往深里去想，打了个激灵，决定在吴所谓醒来之前赶回家搞坏电脑，反正我不动电脑也决不允许你再上网！

有电话打过来，是那个她爱的或爱她的人打过来的。

电话里他说："还在为教师节排练吗？"

何明儿说："散了。你听说海棠的事没有？"

"什么事？一夜之间有什么新鲜事了？"

何明儿有气无力地说："她在网上和一个人裸体聊天。"

"有这种聊法，也不是稀罕的事情，看一个人与一个人的情感程度。"

何明儿一下觉得电话里的那个人有点儿陌生："你居然理解？"

“没什么不理解，是一种现象，就像我们，也开钟点房，师道尊严，也是人，情感在一定的氛围，人是可以臆想的。”

何明儿说：“不可思议！我担心我儿子，假如他也看到这些，他还是个孩子，你懂吗？我怀疑你的人品！”

“没有那么严重，神秘的事情总是吸引人，你冷静一下，你是有分析头脑的人，在儿子的问题上你一定要冷静，你沿着马路走一圈，看看人或者景或者早晨的阳光，然后买菜回家，不要把生活想得太复杂，简单到一日三餐才好。这样吧，我晚上见你一下，千万思想上不要走极端。”

何明儿几乎是在喊：“不是你儿子你不知道利害关系，不见！”

何明儿把电话关了。何明儿想，有道理的事，也许没有多少道理可讲，无道理的事呢，真的能让人走极端！

冷静了一会儿，决定沿路走一圈。这条路叫滨河路，广场叫滨河花园，河已经成为以往的抽象，有绿树、绿草，全是人工种植。有三两个孩子追逐的笑声传过来，如小鸟的婉转啼鸣，孩子没有大人守护，心情放得很开。那边，打太极拳的还没有散，看上去平声静气，音乐是古典的，动作很是飘逸，有轻微的沙沙声，像窃窃私语。沿着街边走，早市上叫卖声很是热闹，散开的人从身边滑过，好像有说不完的话。挤满了马路的人群阻挡了那些企图呼啸而过的汽车，马达声和喇叭声此起彼伏。何明儿想，一早就这么热闹，人再也不是统御一切的至高无上者，必须与物——那些自己创造出来的器械——达成妥协。

难道自己也要和吴所谓达成妥协吗？自己创造出来的物！还有海棠。

找一个能够隐藏自己的地方坐下来。坐下来的何明儿想过滤清楚头脑里的吴所谓，有海棠，还有网络，到底是一种什么样的生存状态。

何明儿这样来分析：让海棠悚然而起的是一种深不可测、广不着边的孤独和恐惧，无爱的婚姻一定像那夜的雾障般，紧密地包围着海棠，压迫着海棠，令她有一种真切的透不过气来的窒息感，不然，她不会面对一个陌生的人脱光了自己。话又说回来，孤独的没有伴侣的日子真就那么咄咄逼人，令心情无法控制吗？更想不到的是，那个和海棠网聊的人居然要挟她，想要海棠拿钱来换取网上截取的照片，更可气的是她老公接到讹诈电话后会去报警，会把自己老婆的事情说给陌生人听。海棠一定被这件事搞昏头了，不然不会发生要全城人民听了都想传播的事。信任、爱、廉耻，都哪里去了？那么有一天，我儿子吴所谓也发生这样的事情呢？不敢往下想了。

回想昨天看到的海棠，都是俗世中人，总该俗世一点儿，藏着一点儿，掩着一点儿，遮蔽一点儿，虚假一点儿，甚至厌倦一点儿有什么不好？海棠，你剥光了你自己！

人与人之间某种意义上说，就隔着一层衣服，脱掉衣服，一个女人再无口碑。

何明儿思想乱了，乱成一锅粥。

八

何明儿在市场买了肉，肉价一天一个样，她要了那块膘瘦点儿带五花的肋条，如果吴所谓中午醒来呢，一定给他做红烧肉，他喜欢吃。对了，还应该有两个新鲜蔬菜。用家常的体恤来安抚他，冷静地去唤醒他，不能让他像海棠那样感觉不到爱。出了大问题，爱情是爱，亲情更是爱，要让他知道家是天下最好的温暖。

买菜的间隙碰到了楼下的校长太太，四十多岁的人了，脸上没有一点儿褶子，不是因为美丽，是因为胖。首饰也厚重，耳朵和项上闪耀出金属的光芒，手抬起来不是招手，是朝后抹开披散在两鬓的头发。何明儿不喜欢胖得没有形的脸，优越显形在脸上，眼睛从来都是搜寻似的看着你，因丈夫的官位怀疑而负气地盯着，想盯出什么来。这让何明儿很不自在，手里提了买菜的塑料袋子，迎着走过去，格外谨慎有礼地说：“大姐，买菜呀？”

“买菜。买这么多菜？几个人吃？”

“我和儿子，两个人。”

“怎么还是一个人呢？还以为有了呢，谁说的呢？噢，是我家张校长说的，说你有了，怎么会没有呢，凭啥他要说你有了呢？”

何明儿像明白什么似的说：“谈着一个。”

“哪个单位？做啥的？多大了？也是离婚了吗？女人不成家，周围的人都会为你操心。”

何明儿一时哑然。

这样胀人的话，要怎么来回答？

何明儿伸进买菜的口袋掏出两个北瓜来，递过去，把不开心压下去，说：“多了，新鲜得和春天一样，给大姐两个，闲时来楼上坐坐，等我没课的时候，我好细说与你。”

逃也似的走开了。

一条单身女人走过来的路，做什么都有闲说，总是世俗。拾阶上楼，悄声打开门。

吴所谓的门紧闭着，门上的纸张被风掀起来，落下去，很牢靠地挂着，何明儿突然很想和什么计较一下，是走过来的日子？还是日子中相遇到的尴尬？什么也不是，是吴所谓，是这个很不懂事的儿，对付俗世，有多少悲凉和苦痛？母子俩相依为命已经很不容易了，为何不能和妈妈相亲相惜，我与你是骨肉至亲啊，吴所谓，这个世界上有谁能让我神动心往！你如果能理解妈妈，妈妈还怕什么？生老病死，成败得失都轻了。

何明儿开始流泪，换了拖鞋走到厨房，放下菜，抹一把眼泪，坐在餐桌前想，方才外面的一切事情，包括海棠的话题都已经不在心上装着了，进了这个家便进入了自己的世界，自己的世界里儿子是第一位，自己和儿子像是演小品似的，一路走过来，想不透，也没有结果，接下来的日子怎么过下去？！

走到阳台上，想拿什么呢？心里惶惑却又不自觉地转了回来，无意瞟了一眼楼下，进大门处那是谁呢？仔细看，是学校的张校长和他刚才买菜的太太。两个人说着话，手还比画着什么，动情时，张校长的太太还指着高处看一眼，高天上流云，天蓝得像水洗过的绸子，张校长往前多走开几步，扭回头说了句什么，见张太太从提着的塑料口袋里掏出两个北瓜，重重摔在地上，翠绿鲜嫩得一片生机盎然，那绿透着俗世气象，开裂成几瓣儿，何明儿一颗心悬起来，张太太在怀疑何明儿和张校长的关系？！

就算何明儿对男人的审美退化了，张校长的样子那是从没有入过何明儿的眼啊，黝黑的皮肤，个子也瘦小，细细的眼睛，走路向前探，人看上去是倾尽力气了要往前行，骂人的时候唯一可以抬起的脸上能看到泛出的笑容，那根本就是讥讽的嘲笑呢。没有几个人会盯着他，因为根本就看不到他的眼睛，一个看不到眼睛的人，你压根儿就不知道他有什么喜好。学校哪个不知道他太太是醋罐子，躲还来不及呢。就因为自己是离婚的女人，住一个单元，何明儿的存在就像隐形人似的，时刻贴着空气飘来飘去，令他太太看她的眼神泛着不自觉的绿光，不自觉的怀疑。二十年的夫妻就这样坚持着这种琐事，需要多少耐心和爱情来支持？何明儿很是不屑地扭转头，这样透着婚姻的脆弱，维系下去还有什么意义。爱，其实能有多久呢？也就是孩子维系着最后的亲情。何明儿想到周围打着婚姻大旗的人们，不想要孩子，假设情况允许，何明儿也不想要孩子，和相爱的人结婚不是每个女人的必经之路，但是，婚姻是生孩子的必经之路。婚姻也是一个女人的保护伞。十年了，转瞬一晃，就为了吴所谓，她承受了一切本不应该承受的痛苦，快乐呢？如果吴所谓不长大，如果他永远是一个孩子，童话里的孩子，像匹诺曹一样的孩子，头顶万米以上的天空，会出现什么样的色彩？！

吴所谓的门响了，何明儿的心被什么揪了一下，高度集中地盯着那扇糊满纸张的门。门开了，走出来吴所谓，何明儿闪到一边看，吴所谓走进卫生间，门“嗵”一声被钩上，不是用手，是用脚。何明儿仰头看了一眼天花板，想不出是谁教会了他如此叛逆。在何明儿决定把手里的菜放到案板上的时候，卫生间的门开了，吴所谓光着脚，很自然地走向客厅那台安静的电脑。何明儿什么都没有反应过来，只是本能驱使，快步跳了过去，以惊人的坐姿跌落在了吴所谓还没有坐下去的椅子上。这个动作吓了吴所谓一跳，往后退了一步，居然笑了一下，何明儿发现手里抓了一把芹菜，滴着水，水在木地板上滴成一片雨，流到吴所谓的脚底板下，吴所谓收住笑，抬起脚“啪”地踩了一下地上的水说：“还像个当教师的样子吗？”

何明儿说：“我像不像当教师的样子我最清楚，我不像当教师的样子是因为有你这样一个不像当学生的儿！我要把这台电脑搞坏，决不让你再上网了，我恨那个污浊的网络世界！”

吴所谓瞪了一下眼，有些昏眩，或者说是脸上热辣辣的，很自然地提起胳臂，伸出一根手指指着何明儿吼：“你！”

何明儿说：“我没有错误，请放下你指我的那根手指头。”

吴所谓吼：“你生了我，你养了我，你蹂躏我！”

何明儿说：“我养你不是为了蹂躏你，是为了让你成人，成材，成砖，成瓦，成气候，不是为了一切都还没有开始的结束，你不知道网络有多么可怕！”

吴所谓很奇怪地看着何明儿说：“有多么可怕？你这个当教师的单身的变态女人。”

何明儿笑了一下，很困难地笑，打开电脑，她不准备再搭话了，她要用行动来毁坏这台电脑，却是无法下手。手里的芹菜依旧滴着水，很缓慢地，或者说是无声地，或者说是在加速一种幻觉空间的点缀，突然地，手里的菜被吴所谓夺了过去，高举到头顶，阳光惶惑着吴所谓的脸，那张脸上五味交替，接着那芹菜砸下来，砸在何明儿的头上，愣把何明儿吓得站了起来，这是她想象不到的结果。

稍纵即逝后何明儿“唰”的一下抬起手臂抡了过去，吴所谓的脸火辣辣的，随即伸出手一把抓紧了何明儿的领口，眼睛瞪得老大，这下子悚得何明儿不知道该怎么进行下一步。

重复两次的动作。孤单、无援，何明儿怀疑自己，甚至怀疑当下，内心深处自以为唯我独醒的思想一下子又焕发出来了，她盯着吴所谓说：“你还是受过教育的人吗？你是畜生！你随便拿到什么东西都会照我砸下来，我以为一切不实的传说都是谎言，就你抓着我的领口的样子，你是能拿得起刀子的人，一个敢拿刀子动手的人，将来能有什么出息？！我就看你今天能把我怎么的，就这台电脑，就网络，我决不允许你再碰它们！”

电脑被何明儿用劲推了一下，掉到了地上，电源处爆出断裂的火花。

吴所谓松开手说：“我也没想过用刀子，你不要血口喷人，这个家我不待了，你不要逼我，要不是念你是个女人，我不会松手！”

何明儿转身跑到门口，整个身体贴在门上，她唯一的念想就是：不能让吴所谓走，有可能他走了不回来，这样的结果不是最后，她不能让外界的人因为儿子来小看自己，也不能让外界的人知道自己有一个“问题儿子”。

吴所谓回到房间，他想不出来要拿什么东西，拿什么东西对他来说都没有意义，这个家已经没有温暖了。温暖似风中之旗，他的温暖在另一个世界里，那个世界是自己的、自由的，任凭时间之水流逝，有的是太阳的光芒照亮一片天地时，云彩投下的一片阴影，一个武士头顶彩云出现了，那是我吴所谓啊，灵魂自在地闯荡，键盘、鼠标，无拘无束，满怀激情，只用轻轻一点，那只“飞出竹笼的囚鸟”就可以飞遍世界，有谁敢来阻挡我？我吴所谓才是真正的一个人，一个活出自我的人。现实，多么令人窒息的空，想象，空，欲望，空，盼望，空，吴所谓决定穿越那堵墙进入更广阔的“空”中。

吴所谓走出卧室，看到紧贴门扇站着的何明儿，他觉得她的那个姿态有点儿荒唐，疲惫地凝视着什么地方，凝视中隐藏着绝望，在绝望的眼神里透着蔑视，是对吴所谓的蔑视，那双眼睛在吴所谓的逼视中垂下了眼帘，转移开视线，嘴角上还挂着一串字：“我要与网络拼命”。

身后的门自动关上了，风把门上的纸张扬起来，跌落下去，有点儿嘈杂，吴所谓伸出手一张一张撕下来，坐到地板上，把它们折叠成鸽子，十只纸鸽子，他走到阳台上，打开窗户，放飞它们，鸽子们不是飞走的，是掉下去的，是逃生，吴所谓笑了笑把右腿伸上去，整个人就站在了阳台窗户上，世界真好，他整个身体呈现出一种挣扎姿态和激情战栗。

一个温暖的正午。

也就在吴所谓要掉下去的一刹那，何明儿搂住了他还没有来得及腾空的双腿，吴所谓像一头鹰一样张开双臂俯冲下去。

何明儿很响亮地喊道：“我一个单身女人再无牵挂，我随网络而去。”

听得悬挂在窗台上的吴所谓喊了一声：“妈妈！”

九

又是一个天近黄昏，晚风习习，带来太多的凉意和秋意。阳台上的花木几天没有浇灌了，花木缺少水分叶片会干黄，会枯萎。何明儿提着水桶，用水瓢舀了清冽的水浇灌着盆花冒出的新绿。阳台东南角上的一盆昙花，挂出了一朵一朵的花蕾，花蕾的颜色由深褐到浅褐到淡藕，花蕾的顶部就要张开了，有一股孕育久远的异香在往外喷薄，何明儿冲着身后的客厅喊：“吴所谓，昙花要一现了。”

身后的吴所谓传过话来：“妈妈，你一说好话就别扭得舌根发麻吗？”

何明儿突然意识到了什么，走到客厅盯着坐在地板上的吴所谓说："吴所谓，是真的昙花开了。"

吴所谓站起来说："那好，我去把它搬进来。"

昙花开了一个半小时的工夫，那淡藕色就开始不断隐退，鹅黄色的花蕊已经从渐进到突进到豁然张开，那张开的花瓣柔韧着，在柔韧的怀中抱出一枚枚粉嫩馥郁的蕊。何明儿突然感觉到了一种昙花开时的安恬与凄苦，活到今天，她与旁边坐着的儿子更多的是记忆，而不是想望，一种消失了的生活，她不能肯定过去的那种令人心慌的处境是否真的走出去了，是否上苍真的垂怜她？一个完好的儿子坐在他的旁边，呼出的气息融合在一起，"妈妈"这个单纯的词性包含着多少不易的内容！

昙花依旧开着，片刻的姿影却也串起了何明儿漫漫人生的欢笑与眼泪，她回头看着吴所谓说："从现在开始，一切随缘。"

吴所谓看着张开到四十五度的昙花，说："妈妈，我一定做错了什么。"

何明儿想说什么，却见昙花开到九十度了，正是昙花的成熟期。

昙花把严肃凝固的空气真就化解活泛了吗？

图书在版编目（CIP）数据

纸鸽子 / 葛水平著 . -- 石家庄：河北教育出版社，2022. 10

（年轮典存丛书 / 邱华栋，杨晓升主编）

ISBN 978-7-5545-7180-4

I. ①纸… II. ①葛… III. ①中篇小说 - 小说集 - 中国 - 当代 ②短篇小说 - 小说集 - 中国 - 当代 IV. ① I247.7

中国版本图书馆 CIP 数据核字（2022）第 157410 号

年轮典存丛书

书　　名　纸鸽子

ZHI GEZI

作　　者　葛水平

出 版 人　董素山

总 策 划　金丽红　黎　波

责任编辑　汪雅瑛　陈　娟

特约编辑　张　维　张金红

出　　版　河北出版传媒集团

河北教育出版社　http://www.hbep.com

（石家庄市联盟路 705 号，050061）

印　　制　天津盛辉印刷有限公司

开　　本　787 mm × 1092 mm　1/32

印　　张　7.75

字　　数　148 千字

版　　次　2022 年 10 月第 1 版

印　　次　2022 年 10 月第 1 次印刷

书　　号　ISBN 978-7-5545-7180-4

定　　价　48.00 元
